www.ingramcontent.com/pod-product-compliance
Lightning Source LLC
LaVergne TN
LVHW042148190726
843493LV00006B/1571

حكايات شَعبيّة سويَديّة

غونّار أولوف هيلتين-كافاليوس وجورج ستيغنز

Gunnar Olof Hylten-Cavallius & George Stephens

حكايات شعبية سويدية

SVENSKA FOLK-SAGOR OCH ÄVENTYR

ترجمها عن السويدية:
سامح خلف

Översättare: Sameh Alkhalaf

SAMEH Publishing دار سامح للنشر

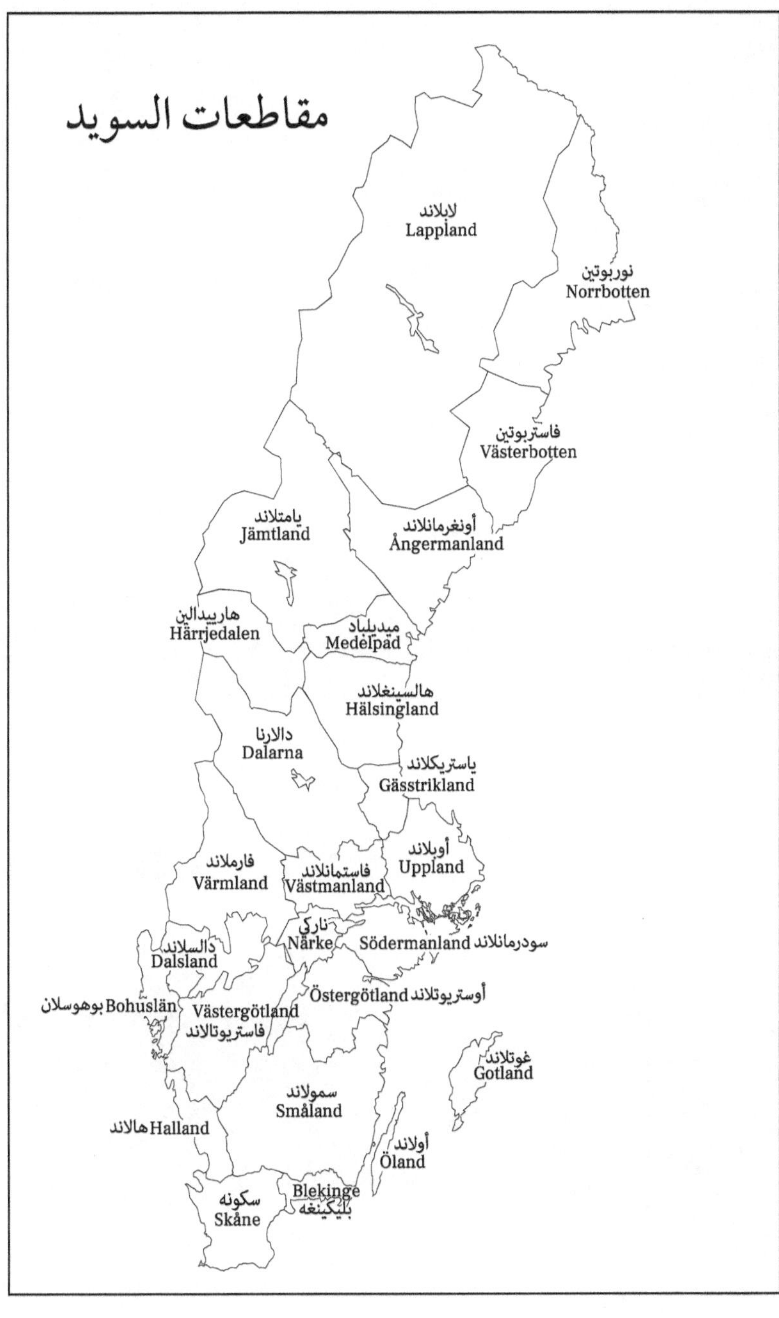

مقاطعات السويد
لابلاند
Lappland
نوربوتين
Norrbotten
فاستربوتين
Västerbotten
يامتلاند
Jämtland
أونغرمانلاند
Ångermanland
هارييدالين
Härrjedalen
ميدلباد
Medelpad
هالسينغلاند
Hälsingland
دالارنا
Dalarna
ياستريكلاند
Gässtrikland
أوبلاند
Uppland
فارملاند
Värmland
فاستمانلاند
Västmanland
ناركي
Närke
سودرمانلاند
Södermanland
دالسلاند
Dalsland
أوستريوتلاند
Östergötland
بوهوسلان
Bohuslän
Västergötland
فاستريوتالاند
غوتلاند
Gotland
سمولاند
Småland
هالاند
Halland
أولاند
Öland
Blekinge
بليكينغه
سكونه
Skåne

فهرس الحكايات

مقدمة المترجم

في ليالي الشتاء الطويلة والباردة في السويد، وفي الشمال الأوروبي عموماً، لم يكن لدى الناس قديماً سوى الحكايات الخرافية كوسيلة للتسلية وتزجية الوقت. ومن الطبيعي والمتوقع أن تدور أحداث الحكايات الخرافية، أو الشعبية، في البيئة الطبيعية وعناصرها، مثل الغابات والبحيرات والأنهار والثلوج، وأكواخ الفلاحين، ومزارعهم، ومواشيهم. وتتكرر في الحكايات الشعبية السويدية العديد من العناصر والرموز، مثل الملوك والأميرات والسحرة والأقزام والعمالقة والقوى السحرية الخارقة للطبيعة. أما العنصران الأهم اللذان يحركان الأحداث والمغامرات في تلك الحكايات فهما العمالقة jättar والأقزام troll.

والعمالقة مكوّن أساسي من مكوّنات الأساطير الشمالية، إذ يُعتقد بأنهم من أقدم المخلوقات وأشدّها قوّة. وبحسب تلك الأساطير، يتّصف العمالقة بالقوّة وضخامة البنية، خاصة الرؤوس الضخمة والأيدي الكبيرة، ويتمتعون بقوى خارقة للطبيعة، ولهم، في الوقت عينه، بعض الخصائص الحيوانية، مثل القرون والمخالب والذيول،

وفيهم بعض الغباء، كما يتضح من بعض حكايات هذا الكتاب.

ويقطن العمالقة، بحسب الأساطير، في يوتونهايم، وهو أحد العوالم التسعة في علم الكونيّات الشمالي. ولم يكن العمالقة على عداء دائم مع الآلهة الوثنية، لكنهم كانوا يشتبكون معهم ومع البشر في بعض الأحيان في صراعات وخلافات. ويمثّل العمالقة، في الأساطير الشمالية، قوى الطبيعة، مثل العواصف والجبال والبحار، في حين تمثل الآلهة النظام والقانون.

أما القزم في الأساطير الشمالية، فهو مخلوق أصغر حجماً من العملاق، لكنه قد يتخذ هيئة وحشية ضخمة في بعض الأحيان، نظراً لما يتمتع به من قوى سحرية وخارقة للطبيعة. ويوصف القزم غالباً بأنه شرير وقبيح الشكل وذي جسم مشوّه التكوين.

والأقزام معروفون بالخداع والاحتيال على الناس، وقد يتخذ واحدهم أشكالاً ومظاهر مختلفة، بحسب الظروف والمنطقة. ويعيش الأقزام في الغابات والأماكن النائية، ضمن مجموعات أو كأفراد. ويتفاعل الأقزام مع البشر من أجل البقاء على قيد الحياة فيحتالون عليهم بالسحر والخداع للاستيلاء على ممتلكاتهم.

يحتوي هذا الكتاب على مجموعة منتقاة من الحكايات الشعبية السويدية التي اخترناها من بين عدد كبير جداً من الحكايات التي دوّنها المؤلفان، غونّار أولوف هيلتين–كافاليوس وجورج ستيفنز، نقلاً عن الرواة في مناطق مختلفة من السويد. وسيجد القارئ في بداية كل حكاية إشارة إلى المقاطعة التي أُخذت منها الحكاية.

صدر كتاب «حكايات ومغامرات شعبية سويديّة» في ستوكهولم عام 1844 في جزأين، باللغة السويدية القديمة التي كانت سائدة قبل التطوير والتجديد الأخير الذي شهدته اللغة السويدية في بداية القرن العشرين ثم في منتصفه، لذلك تطلّبت ترجمة هذه الحكايات جهداً مضاعفاً واستعانة بمراجع عديدة وأساتذة وأصدقاء سويديين.

وقد اعتُبر كتاب «حكايات ومغامرات شعبية سويديّة»، منذ صدوره باللغة السويدية، مرجعاً مهماً في مجاله، ونرجو أن تكون هذه الترجمة كذلك في المكتبة العربية التي تخلو من الحكايات الشعبية السويدية.

سامح خلف

أوستورب، 2023

مقدمة المؤلفَين

هذه المجموعة من الحكايات الشعبية هي الأولى من نوعها والتي لم يسبق نشرها في السويد. وبالتالي فإن حداثة الموضوع وأهميته تستدعي كتابة مقدمة تبيّن للقارئ الظروف الخاصة بأدب الحكايات الشعبية. لكننا رأينا أن من الأنسب تأجيل المقدمة، أو البحث، إلى الجزء الأخير من هذا العمل. إذاً، وحتى ذلك الحين، لندع هذه الحكايات تتحدث عن نفسها بأفضل طريقة ممكنة. وهنا يكفي أن نذكر في بضع كلمات وجهة النظر التي قاربنا من خلالها موضوعنا وتعاملنا معه.

لم يكن هدفنا، ولا يمكن أن يكون، أن نقدم هنا مجموعة من الحكايات المسلية فحسب، بل أردنا لمهمتنا أن تتمثل في أن نحفظ لوطن آبائنا وأجدادنا ما تبقى من حكاياته وأشعاره التي ظلّت متداولة لدى أسلافنا لآلاف السنين، والتي رافقته من جيل إلى جيل، وذلك بصور مختلفة تعكس رؤيته الكلية للعالم القديم. وهذا التراث على وشك أن يختفي أو ينقرض تحت تأثير بزوغ عصر جديد وبروز ظروف جديدة، حتى إننا لم نعد نسمع هذه الحكايات والأصوات التي بدأت بالتلاشي سوى في

المناطق النائية من البلاد. لقد كانت هذه الحكايات والمرويات ذات يوم ملكاً للشعب كلّه، والمصدر الأول لثقافة أسلافنا.

بغض النظر عن الوريد الشعري الثري الذي يمرّ عميقاً عبر جميع تراثنا القديم، والذي يضفي أيضاً قيمة كبرى وعامة على الحكايات الشعبية، فإن الحكايات الواردة في هذا الكتاب ذات أهمية خاصة. ويمكن استخلاص الكثير من هذه الحكايات بالنسبة للراغبين في دراسة التاريخ السويدي في أساسه الأعمق، والذين يودّون التعرف إلى روح الشعب وإبداعه، ومتابعة مراحل تطوّره الداخلي. كما أن هذه الحكايات الشعبية تتيح لنا إلقاء نظرة عميقة على العصور الغابرة، حيث تعكس صورة صادقة وحيوية لعادات أسلافنا وطرائق حياتهم، وتلقي على الماضي ضوءًا لا تتيحه دوماً السجلات والوثائق المكتوبة.

استناداً إلى هذه الآراء، سعينا قدر الإمكان للحصول على كل حكاية أصلية وأصيلة. ولهذا الغرض، قمنا بجولات ورحلات واسعة عبر مقاطعات البلاد ومناطقها الجغرافية المختلفة، ودوّنا عدداً كبيراً من الحكايات الخيالية التي رواها الناس مشافهة. وما جُمع على هذا النحو، رتّبناه ونسخناه، من دون إضافات أو تعديلات. إن التدخّل الوحيد من جانبنا تمثّل في تحديد الشكل الخارجي للسرد، والذي استدعى أحياناً، وبناء على اختلاف عمر كل راوٍ ودرجة تعليمه، إعادة صياغة الحكاية من أجل استعادة طابع البساطة الذي يميّز الحكاية الشعبية، وهو الطابع الذي يمكن العثور عليه لدى هذا أو ذاك من رواة الحكايات الشعبية الخرافية الذين عاشوا في الأيام الخوالي الجميلة.

على الرغم من أن عملنا هذا موجّه بالدرجة الأولى إلى الباحثين أكثر من توجهه إلى الجمهور العام، نأمل أيضاً أن يحظى بالقبول نفسه لدى الجمهور، وأن يُقرأ كمادة ممتعة، سويدية من حيث الروح والمحتوى. ونرجو أيضاً أن تكون هذه الحكايات الشعبية ملائمة لتعزيز الشعور الوطني لدى مواطنينا من أجل استعادة الروح النبيلة والرائعة التي انتقلت من العصور القديمة لتزدهر في ثقافتنا الوطنية.

ستوكهولم، نوفمبر 1844.

1

الفتى الذي أسقط الطفلة العملاقة في البئر

حكاية من مقاطعة أوبلاند

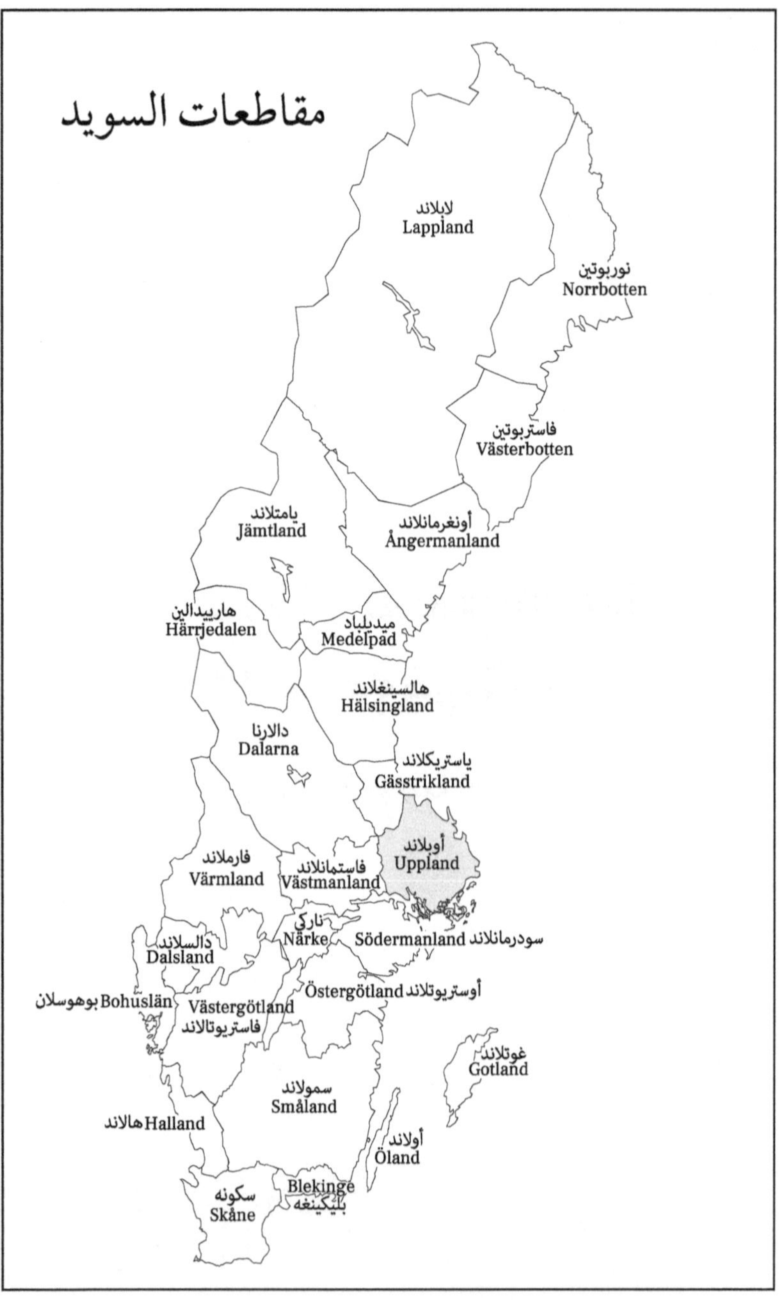
مقاطعات السويد
لابلاند
Lappland
نوربوتين
Norrbotten
فاستربوتين
Västerbotten
يامتلاند
Jämtland
أونغرمانلاند
Ångermanland
هارييدالين
Härrjedalen
ميدبلباد
Medelpad
هالسينغلاند
Hälsingland
دالارنا
Dalarna
ياستريكلاند
Gässtrikland
أوبلاند
Uppland
فارملاند
Värmland
فاستمانلاند
Västmanland
دالسلاند
Dalsland
ناركي
Närke
سودرمانلاند
Södermanland
أوستريوتلاند
Östergötland
بوهوسلان Bohuslän
فاستريوتالاند
Västergötland
غوتلاند
Gotland
سمولاند
Småland
هالاند Halland
أولاند
Öland
سكونه
Skåne
بليكينغه
Blekinge

ذات مرّة في قديم الزمان كانت هناك عائلة من العمالقة تقطن كوخاً في الغابة. وكانت الأراضي المحيطة بكوخهم خصبة، بحيث كانت مواشي العملاق سمينة على الدوام. أما الناس في القرى المجاورة فلم يكن لديهم سوى بعض المراعي قليلة العشب والنبات. أزعجهم ذلك الحال فتركوا مواشيهم تسرح في بعض الأحيان في أملاك العمالقة. لكن الأمر لم ينته دائماً على خير، لأن العملاق، الذي كان عنيفاً وشديد القسوة، ما فتئ يهاجم الرعاة ويقتلهم.

وفي مكان غير بعيد من أراضي العملاق عاشت امرأة فقيرة مع ابنها الوحيد. وكان الابن صغيراً وضعيف البنية، لكنه جريء وواسع الحيلة. وفي أحد الأيام طلب الفتى من والدته أن تصنع له ثلاثة أقراص من الجبن، فلبّت المرأة طلب ابنها. وعندما أصبحت أقراص الجبن جاهزة، كوّرها الفتى ودحرجها في رماد الموقد، حتى بدت رمادية اللون ومثيرة للاشمئزاز. غضبت الأم عندئذٍ ووبخته لأنه أتلف نعمة الله. لكن الفتى توسّل إليها أن تهدأ وترضى؛ فهي لم تدرك ما كان يدور في رأسه من أفكار.

في الصباح الباكر انطلق الفتى إلى الغابة مع ماشية والدته، ورعى الماشية في أراضي العملاق. وظل يسرح لا يعيقه شيء طوال النهار. وعندما حلَّ المساء، جمع مواشيه استعداداً للعودة إلى بيته. ولكن العملاق علم في تلك الأثناء بزيارته فأتى مسرعاً نحوه وهو في حالة غضب شديد. والعملاق مخيف المظهر، لدرجة أن الفتى تملكه الخوف على الرغم من شجاعته. «ماذا تفعل هنا في مرعاي؟» سأل العملاق. أجاب الفتى قائلاً إنه أتى بحثاً عن مرعى لماشيته. قال العملاق: «انصرف من هنا على الفور، قبل أن أعصرك كما أعصر هذا الحجر»، ثم تناول حجراً رمادياً كبيراً كان ملقى على الأرض وعصره فتفتَّت الحجر إلى ألف شظية. فقال الفتى: «أنت قوي جداً، لكنني لست أقلَّ منك قوّة، على الرغم من أنني ضئيل البنية»، ثم التقط إحدى كرات الجبن وعصرها حتى سال منها المصل. عندما رأى العملاق ذلك، تملكته دهشة شديدة، وظنّ أن ثمة خدعة ما في الأمر. تناول العملاق حجراً من الأرض مرة أخرى، وعصره فتفتَّت إلى قطع صغيرة، فأخذ الفتى كرة الجبن الثانية وعصر منها السائل كما فعل من قبل. ثم تكرّرت اللعبة للمرة الثالثة، وعصر الفتى السائل من كرة الجبن الثالثة. قال العملاق عندئذٍ: «لم أكن أعتقد أنك قوي جداً. اتبعني إلى مزرعتي واخدمني بإخلاص، وسأعطيك ثلاثة مكاييل من الذهب. ولكن إذا لم تطع أمري، فسأقطع ثلاثة شرائط عريضة من ظهرك». أجاب الفتى: «تبدو لي هذه شروط جيدة؛ ولكن يجب أن أقود الآن ماشيتي إلى القرية». ثم اتفقا على اللقاء في اليوم التالي، وعلى ذلك انتهت المحادثة بينهما وافترقا.

في اليوم الثاني قصد الفتى الغابة والتقى العملاق، بحسب الاتفاق بينهما. ثم اتجها إلى كوخ العملاق، فتبيّن للفتى أن زوجة العملاق ضخمة الحجم وشرسة المظهر لدرجة أنها أخافته أكثر من خوفه من العملاق نفسه.

وبعد مضي فترة من الوقت، توجب أن يذهب العملاق وعامله إلى الغابة لقطع الأشجار وجلبها كحطب. قال العملاق، «لأنك قويّ جداً، يمكنك حمل فأسي». لكن الفأس كانت كبيرة جداً وثقيلة، وبالكاد استطاع الفتى رفعها. فقال: «يا سيدي، يُستحسن أن تحمل الفأس بنفسك، لكي أسير أمامك وأدلّك على الطريق». رضي العملاق بذلك، ومضيا في طريقهما. وعندما وصلا إلى موضع معيّن، توقف العملاق عند شجرة كبيرة. قال العملاق: «لأنك قويّ جداً، يمكنك أن تضرب الضربة الأولى؛ وأنا سأضرب الثانية». قال الفتى: «لا، لستُ معتاداً على القطع بفأسٍ صغيرة كهذه. اضرب أنت الأولى؛ وسأضرب أنا الثانية». سُرّ العملاق بذلك، ورفع الفأس، ثم أهوى على الجذع بضربة أحدثت قطعاً كبيراً فسقطت الشجرة واصطدمت بالأرض بقوّة. وهكذا نجا الفتى هذه المرة أيضاً من امتحان إثبات قوّته.

وحين أزف الوقت لنقل الشجرة إلى البيت، سأل العملاق: «هل تريد حملها من أعلاها أم من جذعها؟». أجاب الفتى: «أريد أن أحملها من أعلاها. رفع العملاق الشجرة على كتفه، فصاح به الفتى أن من الأفضل له أن يحملها على منكبيه. فعل العملاق كما قيل له، فانتهى به الأمر وقد حمل الشجرة وهي متوازنة على كتفيه. قفز الفتى عندئذٍ إلى الأعلى واختبأ

بين أغصان الشجرة. وصلا إلى الكوخ، وقد أنهك التعب العملاق، في حين لم ينل الفتى من ذلك العمل سوى القليل من التعب.

في اليوم التالي، قال العملاق إنه يريد الذهاب لقضاء بعض حوائجه؛ وطلب من الفتى أن يبقى في البيت ليساعد سيدته في مخض اللبن واستخراج الزبدة. أخرجت المرأة العملاقة شكوة مليئة باللبن؛ وكانت الشكوة كبيرة لدرجة أن الفتى بالكاد استطاع رفع عصا الشكوة. قال: «سيّدتي، يبدو لي أن هذا عملٌ سهلٌ؛ لكنني أود أن أعرف كيف أفعل ذلك». فعلت العملاقة كما طلب الفتى، وبدأت في خضّ الشكوة؛ وقف الفتى وشاهد ما فعلت. فجأة، بدأت طفلة العملاقين بالصراخ. قالت العجوز للفتى: «خذ الطفلة معك إلى البئر واغسلها جيداً، وسأمخض اللبن في غيابك». ذهب الفتى متصنعاً بعض العجلة. وعندما وصل إلى البئر، وكان على وشك أن يغسل الطفلة التي تكاد تضاهيه حجماً، لم يثمر سعيه سوى عن سقوط الطفلة العملاقة في البئر وغرقها. وقد ظن الفتى أن ما حدث ليس سوى خسارة طفيفة؛ لكنه أيقن في الوقت نفسه أن من غير المستحسن يبقى طويلاً مع أولئك العمالقة.

عندما عاد الفتى إلى الكوخ، كانت العجوز قد فرغت من مخض اللبن. قالت للصبي: «لقد تأخرتَ كثيراً، ولكن ماذا فعلت بطفلتي؟» أجاب الفتى، «حسناً، بعد أن غسلتها، ركضتْ إلى الغابة للقاء والدها». قالت العجوز: «حسناً، سيعودان قريباً إلى البيت».

في المساء عاد العملاق من الغابة وكان متعباً جداً. صرخت المرأة في وجهه، «يا سيّدي، ماذا فعلتَ بفتاتنا؟» أجاب العملاق: «لم أر أي فتاة».

شعرت العملاقة عندئذٍ بالرعب وبدأت في الصراخ والعويل بصوت عالٍ. قال الفتى إنه يجب أن يذهب هو والعملاق للبحث عن الطفلة. ثم انطلقا إلى الغابة وبحثا في كل مكان، لكنهما لم يعثرا لها على أي أثر.

وبعد أن جال العملاق وتابعه لفترة طويلة، وصلا أخيراً إلى أطراف أملاك العملاق. فقال الفتى الراعي: «يا سيدي، لستُ بعيداً جداً الآن عن البيت. امنحني الإذن للذهاب إلى أمي التي تنتظر عودتي. غداً سأعود وأساعدك في البحث». أجاب العملاق: «يمكنك الذهاب، لأنك كنت مخلصاً جداً لي؛ ولكن لا تتأخر بالعودة». ثمّ، وبعد أن قال ذلك، أخرج العملاق ثلاثة مكاييل من الذهب وأعطاها للفتى مكافأة له على خدمته. شكره الفتى وقال إنه سيخدم في المرة القادمة بشكل أفضل.

انطلق العملاق والفتى الراعي كل في طريقه. فذهب الفتى إلى أمّه وأعطاها جميع ما كسبه، وأصبحا منذ ذلك اليوم غنيين وسعيدين. أما العملاق فظل هائماً في الغابة يبحث عن طفلته؛ ولا يزال يبحث عنها هو وعجوزه حتى يومنا هذا.

2

الكوخ المسقوف بالجبن

حكاية من مقاطعة أوبلاند

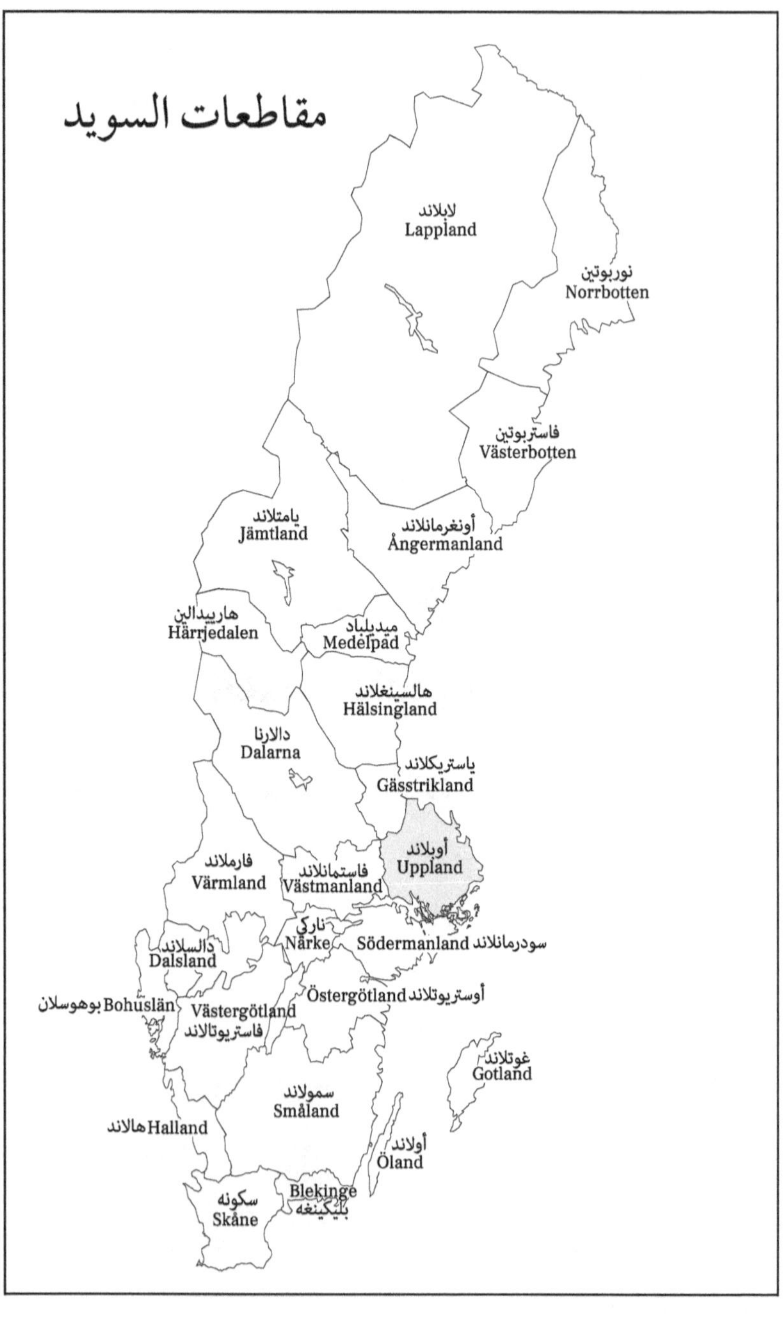
مقاطعات السويد
لابلاند
Lappland
نوربوتين
Norrbotten
فاستربوتين
Västerbotten
يامتلاند
Jämtland
أونغرمانلاند
Ångermanland
هارييدالن
Härrjedalen
ميدبلباد
Medelpad
هالسينغلاند
Hälsingland
دالارنا
Dalarna
ياستريكلاند
Gässtrikland
أوبلاند
Uppland
فارملاند
Värmland
فاستمانلاند
Västmanland
ناركي
Närke
سودرمانلاند
Södermanland
دالسلاند
Dalsland
بوهوسلان Bohuslän
أوستريوتلاند
Östergötland
غوتلاند
Gotland
فاستريوتالاند
Västergötland
سمولاند
Småland
هالاند Halland
أولاند
Öland
Blekinge
بليكينغه
سكونه
Skåne

على جبلٍ عالٍ في عمق الغابة عاشت قزمة عجـوز، ساحرة وشريرة، تحبّ أكل لحوم الأطفال. لذلك اعتادت تلك القزمة الساحرة تغطية سقف كوخها بالجبن، وذلك لتغري الصغار الذين يتجولون في الغـابة وتمسك بهـم. وكانت حين تمسك بأحد الأطفال، تشويه في الفرن ثم تأكله.

وفي مكان قريب عاش مزارع فقير، وكان لديه ابن وابنة. ونظراً لندرة الطعام في البيت، طلب الفلاح في أحد الأيام من طفليه أن يخرجا إلى الغابة ويلتقطا التوت البري. غادر الشقيقان البيت، ثم وصلا أخيراً إلى الجبل المرتفع، حيث شاهدا هناك كوخاً سقفه مصنوع من الجبن فقط. تشاور الطفلان في ما بينهما، ثم استقر رأيهما على أن يستمتعا بتناول بعض الجبن الطيب.

أراد الفتى أن يجرّب حظه أولاً، وأن يزحف ببطء على السطح. لكن حين سمعت القزمة العجوز الضوضاء صرخت: «من الذي يقضم سقفي؟» أجاب الفتى بصوت رقيق: «إنها ملائكة الله الصغيرة فقط، ملائكة الله الصغيرة». قالت القزمة العجوز: «اقضموا بسلام إذاً!». أخذ

الفتى عندئذٍ حفنة من الجبن وعاد إلى أخته سالماً لم يُصب بأذى.

في اليوم التالي عاد الطفلان إلى الجبل؛ لكن الفتاة أرادت هذه المرة أن تذهب مع شقيقها إلى كوخ الساحرة. اعترض الفتى، لكن اعتراضه لم ينفع. وعندما صعدا إلى سطح الكوخ وبدآ في التقاط الجبن اللذيذ، صاحت الساحرة العجوز: «من هذا الذي يقضم سقفي؟» أجاب الفتى بصوت رقيق، «إنها ملائكة الله الصغيرة فقط، ملائكة الله الصغيرة». «وأنا، أنا أيضاً»، أضافت الفتاة. سيطرت الساحرة الشريرة عندئذٍ على الطفلين، ثم انخسف السقف وسقط الطفلان بعنف داخل الكوخ.

«نعم، صحيح، أنتما ملاكان صغيران وجميلان من ملائكة الله»، قالت العجوز مستهزئة أثناء سقوط الطفلين من فجوة السقف. وأضافت: «هذا رائع! سأحصل الآن على شرائح لحم طيبة». ثم سألتهما بعد فترة من الوقت: «كيف تذبح أمكما خنازيرها؟» قالت الفتاة: «حسناً، تطعنها بسكين». «لا»، صحَّح أخاها، وأضاف: «بل تلفّ حزمة من ألياف الكتان حول أعناقها». «أريد أن أفعل ذلك أيضاً»، قالت الساحرة العجوز. ثم فتلت حزمة من ألياف الكتّان ولفتها حول عنق الفتى، فسقط الفتى على الأرض، كما لو كان ميتاً. «هل أنت ميت الآن؟» سألت الساحرة. أجاب الفتى: «نعم». «لا»، ردَّت العجوز، وأضافت «أنتَ لستَ ميتاً حقاً، فلو كنتَ ميتاً فلن تتكلم». أجاب الفتى، «أنا أتكلم، لأن من عادة والدتي أن لا تذبح خنازيرها قبل أن تُسمّنها». قالت الساحرة: «وأنا أريد أن أفعل ذلك أيضاً».

أخذت العجوز الطفلين وحبستهما في كوخ صغير. ثم سألت بعد فترة

من الوقت: «كيف تطعم أمكما خنازيرها؟» «بالبقايا المخمّرة من طعام وشراب»، قالت الفتاة. «لا»، صحّح الفتى، وأضاف: «تغذيها بلُبّ الجوز والحليب الحلو». قالت الساحرة: «وأنا سأفعل ذلك أيضاً».

وفي أحد الأيام ذهبت العجوز إلى الكوخ لتتفقد الطفلين وترى إن كانا في حالة جيدة. صاحت: «مُدّ إصبعك لأرى إن كنتَ قد تغذيت جيداً». فعلت الفتاة كما قالت العجوز ومدّت إصبعها، لكن الفتى دفعها بسرعة وأخرج بدلاً من الإصبع عوداً من خشب. تلمّست العجوز العود، وقالت: «أنت هزيل جداً؛ سأسمّنك لفترة أطول قليلاً». ثم أعطتهما ضعف ما كانت تعطيهما من لُبّ الجوز والحليب الحلو، حتى أصبح لديهما أكثر بكثير مما يستطيعان تناوله.

بعد بضعة أيام، عادت العجوز إلى الكوخ، لتتأكد ما إذا كان الطفلان قد سمنا بما فيه الكفاية. صاحت: «مدّ إصبعك حتى أتفقد لحمك». مدّ الفتى ساق نبتة الملفوف الذي وجده في الكوخ. جرحت الساحرة ساق الملفوف بسكينها، فظنّت أن الطفلين قد سمنا كثيراً. ثم أخذتهما إلى كوخها، حيث كان الفرن مشتعلاً وكل شيء جاهز لشيِّهما.

قالت الساحرة إن على أحد الشقيقين أن يجلس الآن على مِطرَحَة الخبز. فذهبت الفتاة وفعلت كما قالت العجوز. لكن الفتى دفع شقيقته جانباً وجلس في مكانها. وحين كانت الساحرة على وشك دفعه في الفرن، تمايل بشدّة، وظلّ يسقط كلما أمسكت الساحرة بمقبض مِطرَحَة الخبز. استاءت الساحرة بشدّة من ذلك؛ لكن الفتى بدا حزيناً، ورجاها بشدّة أن تجلس هي نفسها على مِطرَحَة الخبز وتريه كيف ينبغي له أن

يجلس، حتى ينجح الأمر في المرة القادمة. فعلت العجوز كما طلب منها وجلست على المِطْرَحَة. كان الفتى مستعداً فأمسك على الفور بمقبض مِطْرَحَة الخبز ودفع الساحرة في الفرن، ثم أغلق باب الفرن.

أخذ طفلا المزارع الفقير كل ما كان موجوداً في الكوخ وعادا إلى أبيهما فرحين. لكن لا أحد يعلم حتى الآن ما إذا كانت الساحرة قد نضجت تماماً أم لا، إذ لم يفتح أحدٌ باب الفرن ليرى ما حلَّ بها.

3

الفتى الذي سرق كنوز العملاق الثمينة

حكاية من مقاطعة سمولاند

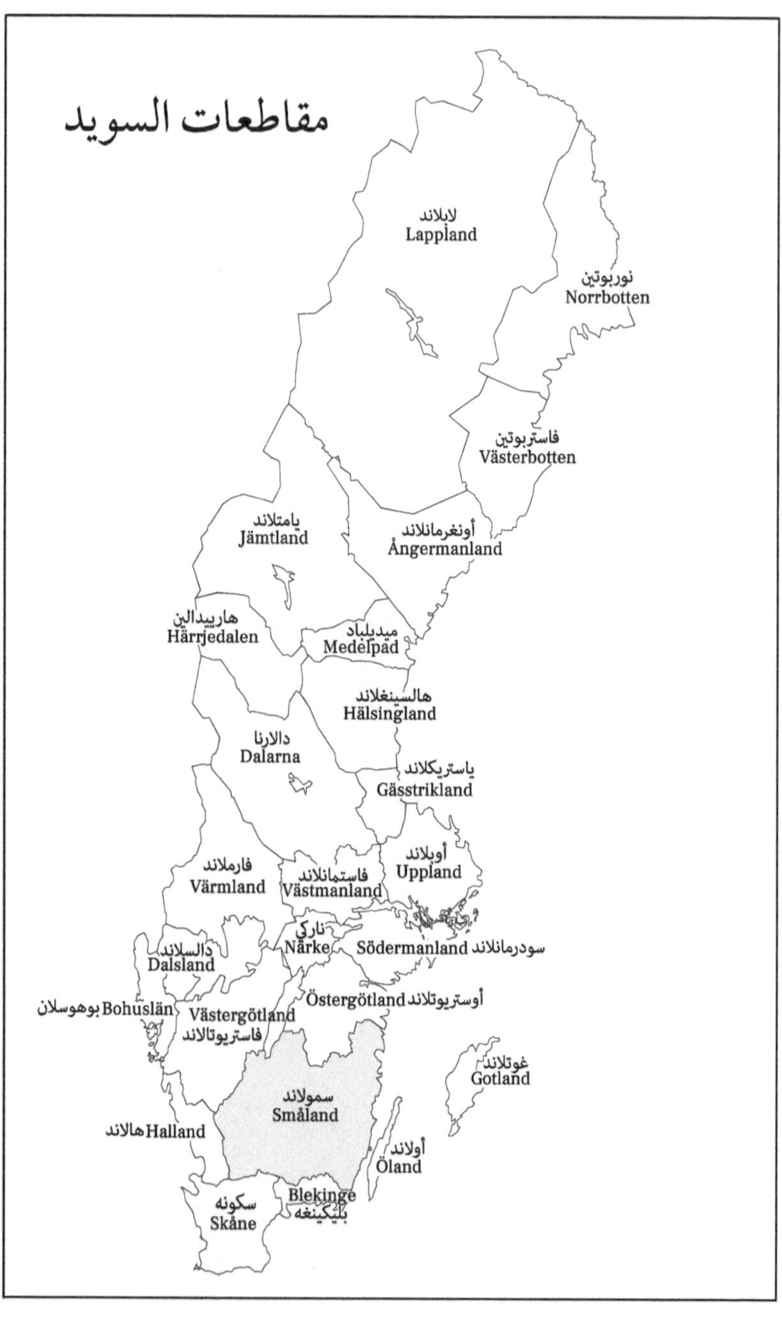

مقاطعات السويد

لابلاند
Lappland

نوربوتين
Norrbotten

فاستربوتين
Västerbotten

يامتلاند
Jämtland

أونغرمانلاند
Ångermanland

هاربيدالين
Härrjedalen

ميديلباد
Medelpad

هالسينغلاند
Hälsingland

دالارنا
Dalarna

ياستريكلاند
Gässtrikland

فارملاند
Värmland

فاستمانلاند
Västmanland

أوبلاند
Uppland

دالسلاند
Dalsland

ناركي
Närke

سودرمانلاند
Södermanland

بوهوسلان Bohuslän

فاستريوتالاند
Västergötland

أوستريوتلاند
Östergötland

غوتلاند
Gotland

سمولاند
Småland

هالاند Halland

أولاند
Öland

سكونه
Skåne

بليكينغه
Blekinge

ذات مرّة في قديم الزمان كان هناك مزارع فقير لديه ثلاثة أبناء. اعتاد الابنان الأكبر سناً على مرافقة والدهما إلى الغابة والحقول لمساعدته في عمله؛ أما الفتى الأصغر فكان من عادته أن يبقى في البيت مع والدته لمساعدتها في عملها. وهكذا لم يعد الأخ الأصغر يحظى بتقدير أخويه الأكبر واحترامهما، وظلماه كلّما استطاعا ذلك.

وبعد سنوات توفي الوالدان المزارعان، وكان على الأشقاء الثلاثة أن يقتسموا ميراثهم من والديهم. وقد حدث آنذاك ما كان متوقعاً؛ أخذ الشقيقان الأكبر سناً كل ما هو قيّم وثمين، ولم يتركا شيئاً لشقيقهما الأصغر. وبعد الانتهاء من اقتسام الميراث، لم يبق سوى حوض عجين مكسور وقديم، لم يرغب أي منهما في أخذه. فقال أحد الشقيقين: «الحوض القديم حقّ لأخينا الصغير، إنه خبّاز صالح ولطيف». رأى الفتى أن ما تركاه له ليس سوى ميراث تافه؛ لكنه أظهر لهما الرضى. ثم ارتأى الفتى بعد ذلك أن البقاء في البيت أمر غير مستحسن، فاستأذن شقيقيه وخرج إلى العالم لِيُجرّب حظّه. ولما وصل إلى شاطئ البحيرة، صنع من حوضه الذي ورثه قارباً صغيراً، وربط به عصوين وجعلهما

كمجدافين. ثم انطلق في رحلته.

عندما عبر الفتى البحيرة، وصل إلى قصر ملكي كبير. دخل الفتى وطلب التحدث إلى الملك. سأله الملك: «ما هو نسبك وما هي حاجتك؟» أجاب الفتى: «أنا ابن مزارع فقير ولا أملك شيئاً في الدنيا سوى وعاء عجين قديم. وقد جئت إلى هنا للبحث عن وظيفة». فلما سمع الملك ذلك، ابتسم وقال: «ميراثك قليل حقاً، لكن الحظ ينقلب غالباً بشكل غريب». وهكذا انضم الفتى إلى خدم الملك الصغار، وأصبح محبوباً من الجميع لجرأته وسرعة بديهته.

ويحكى أن الملك الحاكم لتلك البلاد لم يكن لديه سوى ابنة وحيدة. وكانت ابنة الملك لطيفة وعاقلة في الوقت نفسه، وقد انتشر الحديث عن جمالها وذكائها على نطاق واسع وفي جميع الأنحاء، وجاء الخُطاب من الشرق والغرب طالبين يدها. لكن الأميرة رفضتهم جميعاً، إلا إذا استطاع الراغب في الزواج منها أن يجلب لها هدية الزفاف المكوّنة من أربعة أشياء ثمينة يملكها عملاق مقيم على الطرف الآخر من البحيرة. والأشياء الثمينة التي طلبتها الأميرة هي: سيف ذهبي وثلاث دجاجات ذهبية وفانوس ذهبي وقيثارة من الذهب. وقد انطلق كثير من الفرسان وأبناء الملوك لجلب تلك الأشياء الثمينة، ولكن لم يعد أحد منهم، وذلك لأن العملاق أمسك بهم جميعاً وأكلهم. أزعج الأمر الملك الذي خشي من أن ابنته قد تعيش من دون زوج، ولن يكون له بالتالي صهر يرث الحكم من بعده.

عندما سمع الفتى هذه الأحاديث، فكّر في نفسه أن من المفيد له أن

يحاول الفوز بابنة الملك الجميلة. وتحت تأثير تلك الأفكار وقف في أحد الأيام بين يدي الملك وأخبره بما يريد. فغضب الملك، وقال: «كيف ستستطيع أنت أيها الصبي الوضيع تحقيق ما عجز عنه الفرسان حتى الآن؟». لكن الفتى أصرّ على رأيه، وطلب الإذن بالذهاب ليجرّب حظّه. فلمّا رأى الملك جرأة الفتى، سكن غضبه وأعطاه الإذن بالذهاب. وأضاف: «الأمر يتعلق بحياتك، ولا أريد أن أخسرك». وهكذا انتهى اللقاء بينهما.

انطلق الفتى إلى شاطئ البحيرة، ثم أتى إلى قاربه وتفحّصه عن كثب وعاينه من جميع الجوانب. ثم جذّف عبر البحيرة نحو طرفها الآخر. وهناك كَمَنَ في مخبأ وانتظر بجوار كوخ العملاق. ومكث على تلك الحال طوال الليل. وفي الصباح، وقبل أن يطلع النهار، خرج العملاق إلى مخزن الغلال وبدأ في درس المحصول، حتى تردّد صوت الضرب والخبط في أرجاء الجبال البعيدة. وعندما شعر الفتى بذلك، التقط مجموعة من الحصى ووضعها في حقيبته، ثم تسلّق إلى سطح المخزن وأحدث فيه حفرة صغيرة ليتمكن من النظر إلى الأسفل. وكان العملاق اعتاد أن يتقلّد سيفه الذهبي، ولذلك السيف خاصيّة غريبة تجعله يرنّ بصوت عالٍ كلّما غضب حامله. وبينما كان العملاق منهمكاً تماماً في درس المحصول، ألقى الفتى حجراً صغيراً أصاب به السيف الذي أصدر صوتاً رنّ بقوة. «لماذا ترنّ، فأنا لستُ غاضباً؟»، قال العملاق متسائلاً، ثم عاد إلى درس المحصول. ولكن السيف رنّ بقوّة مرة أخرى. عاد العملاق إلى الدرس من جديد، ثمّ رنّ السيف للمرة الثالثة، فنفد

صبر العملاق هذه المرة، وفكَّ حزامه وألقى السيف من باب المخزن إلى الخارج، قائلاً: «انطرح هناك حتى أنهي عملي». لكن الفتى لم ينتظر، بل سارع بالنزول عن السقف، وحمل سيف العملاق الذهبي، وركض إلى قاربه، ثم جذَّف عبر البحيرة عائداً. وعند الشاطئ خبأ غنيمته، وهو فرِحٌ بنجاح مغامرته.

في اليوم الثاني ملأ الفتى حقيبته بحبوب الذرة، ووضع حزمة من لحاء شجر الزيزفون في القارب، وعاد إلى كوخ العملاق. وبعد أن كمَنَ منتظراً لبعض الوقت، رأى دجاجات العملاق الذهبية الثلاث وهي متجهة إلى شاطئ البحيرة وقد نشرت ريشها الذهبي الذي تلألأ تحت أشعة الشمس. أسرع على الفور إلى الشاطئ، وأغرى الدجاجات الذهبية رويداً، رويداً، وببطء شديد، بحبيبات الذرة التي أخرجها من حقيبته. وكلما لحقت به الدجاجات لتأكل الحبوب، اقترب الفتى من الماء، حتى اجتمعت الدجاجات الذهبية الثلاث أخيراً في قاربه الصغير. أسرع عندئذٍ بدفع القارب في الماء، ثم ربط الدجاجات الذهبية بلحاء الشجر، وجذَّف عائداً على عجل، وأخفى قاربه عند الضفة الأخرى.

في اليوم الثالث، وضع الفتى مجموعة من كتل الملح في حقيبته الجلدية، وانطلق مجدداً عبر البحيرة. ومع حلول الليل، لاحظ أن الدخان يتصاعد فوق كوخ العملاق؛ واستنتج من ذلك أن امرأة العملاق تطهو الطعام. تسلق الفتى صعوداً إلى سطح الكوخ، ونظر من خلال المدخنة فرأى قِدْراً كبيراً جداً يغلي فوق النار. أخرج عندئذٍ عدداً من كتل الملح من حقيبته، ثم أسقطها واحدة تلو الأخرى في القِدر. بعد ذلك، تدلى نازلاً

من سطح الكوخ وكَمَنَ منتظراً ما سيحدث.

بعد مرور بعض الوقت، رفعت العجوز العملاقة القِدر عن النار، وسكبت العصيدة ووضعت الطبق على المائدة. ولأن العملاق جائع جداً، فقد بدأ بتناول الطعام على الفور. وما إن ذاق العصيدة وشعر بطعمها المالح والمرّ، حتى نهض وقد تملكه الغضب الشديد. اعتذرت العجوز قائلة إن العصيدة طيبة، فطلب منها العملاق أن تتذوّقها بنفسها؛ وقال إنه لن يأكل طعامها بعد الآن. وحين ذاقت العجوز العصيدة، عبست وانزعجت بشدة، لأنها لم تطبخ مثل هذا الطعام السيئ من قبل.

لم يكن لدى المرأة العملاقة الآن خيار آخر سوى طهي عصيدة جديدة لزوجها. لذلك تناولت الدلو وانتزعت الفانوس الذهبي عن الجدار، واندفعت إلى البئر لتجلب الماء. وعندما وضعت الفانوس على حافة البئر، وانحنت نحو الماء، أمسك الفتى الذي كان كامناً هناك بقدميها ودفعها فسقطت في البئر. استولى الفتى عندئذٍ على الفانوس الجميل، ثم فرّ من المكان وأبحر عائداً عبر البحيرة وهو سعيد. في تلك الأثناء، تساءل العملاق وهو جالس بانتظار زوجته عن سبب تأخرها في العودة. وفي نهاية المطاف، خرج ليستطلع الأمر، لكنه لم يرَ أحداً، ولم يسمع شيئاً سوى صوت تلاطم الماء في البئر وتطاير رذاذه في الهواء. ساعتئذٍ فهم العملاق أن زوجته سقطت في البئر، وبصعوبة كبيرة استطاع إخراجها من الماء وإلقائها على اليابسة. «أين فانوسي الذهبي؟»، سأل العملاق امرأته على الفور. أجابت العجوز بعد أن تمالكت نفسها: «لا أعرف، لكن بدا لي أن شخصاً ما أمسك بقدمي وألقى بي في البئر». قال العملاق

وقد تملكه الغضب: «ثلاثة من كنوزي الثمينة قد اختفت بالفعل. ولم يبق لدي الآن سوى قيثارتي الذهبية، والتي لن يستطيع ذلك اللص، أياً كان، سرقتها. سأحمي القيثارة بإثني عشر قفلاً».

في أثناء ذلك، وخلال انشغال العملاقين بما حدث لهما، جلس الفتى عند الشاطئ الآخر من البحيرة، مبتهجاً بأن كل شيء قد سار على ما يرام. لكن حان الآن وقت الجزء الأصعب من المغامرة، وهو الفوز بقيثارة العملاق الذهبية. فكّر الفتى طويلاً في ما يجب عليه فعله؛ لكنه لم يتوصل إلى حل. لذلك قرّر أن ينطلق عبر البحيرة إلى كوخ العملاق، وهناك يغتنم الفرصة التي قد تتاح له فجأة.

فعل الفتى ما عزم عليه، وجذّف عبر البحيرة، وكَمَنَ مترقباً بانتظار الفرصة. لكن ما حدث هو أن العملاق كان متيقظاً في حراسته للقيثارة، فاكتشف وجود الفتى وركض إليه بسرعة وقبض عليه. قال العملاق بغضب: «إذن، قبضتُ عليك الآن، أيها اللص، أنت الذي سرق سيفي، ودجاجاتي الذهبية الثلاث، وفانوسي الذهبي». خاف الفتى حينئذٍ، وظن أن ساعته الأخيرة قد حانت. أجاب متوسلاً: «دعني أعيش يا أبي العزيز، ولن آتي إلى هنا مرة أخرى». ردّ العملاق: «لا، سيكون مصيرك كمصير من سبقوك. لا أحد يخرج حياً من بين يديّ». ثم حبس العملاق الفتى في كوخ صغير وأعطاه لبّ الجوز والحليب الحلو، حتى يسمن جيداً قبل أن يُذبح ويُؤكل.

أُلقي الفتى في الحبس، فكان يأكل ويشرب ويقضي أوقاتاً طيبة. ثم وبعد انقضاء فترة من الوقت، أراد العملاق أن يتأكد ما إذا كان الفتى

قد سمن بها ما فيه الكفاية. لذلك ذهب إلى الكوخ الذي حبس فيه الفتى، وحفر ثقباً في الجدار، ثم أمر الفتى بأن يمدّ إصبعه من الثقب. لكن الفتى أدرك نيّة العملاق، فمدّ، بدلاً من إصبعه، عصا رفيعة قُطعت حديثاً من شجرة ألدر. جرح العملاق العصا فسال النسغ الأحمر منها، فظنّ أن الفتى ما يزال هزيلاً جداً، وذلك لأنه شعر بصعوبة جرح العصا. وهكذا أعطى العملاق أسيره المزيد من الحليب الحلو وثمار الجوز أكثر مما أعطاه من قبل.

وبعد مرور فترة من الوقت، عاد العملاق إلى محبس الفتى، وأمره أن يُخرج إصبعه من ثقب الحائط. مدّ الفتى ساق نبتة ملفوف، فجرح العملاق ساق النبتة بسكينه. أيقن العملاق عندئذٍ أن سجينه قد سمن بها فيه الكفاية، وذلك لأن ساق الملفوف طري وريّان.

في صباح اليوم التالي، قال العملاق لزوجته: «ها قد أصبح الفتى سميناً، خذيه واشويه في الفرن. وفي خلال ذلك، سأذهب لأدعو جماعتنا إلى الوليمة». وعدت المرأة أن تفعل ما قاله زوجها. ثم أوقدت نار الفرن حتى حمي تماماً، وأمسكت الفتى لتشويه. قالت المرأة العملاقة: «اجلس على مسحاة الخبز!»، ففعل الفتى ذلك. ولكن عندما رفعت العجوز مسحاة الخبز لتدفعه في الفرن، تمايل وسقط على الأرض، وتكرّر ذلك نحو عشر مرات. وأخيراً غضبت المرأة العملاقة، ولعنت وشتمت بسبب فشله؛ لكن الفتى اعتذر بشدّة قائلاً إنه لا يعرف كيف يجب أن يجلس بشكل صحيح. قالت العجوز: «انتظر، سأعلِّمك»، ثم جلست على المسحاة، وقد أحنت ظهرها وضمّت ركبتيها. ولم تكد تجلس كما

يجب، حتى بادر الفتى بإمساك مقبض المسحاة ودفع العجوز في الفرن، وأغلق عليها باب الفرن. ثم أخذ معطفها المصنوع من الفرو وحشاه بالقش ووضعه في السرير، ثم أخذ مجموعة مفاتيح العملاق الكبيرة، وفتح الأقفال الإثني عشر واستولى على القيثارة الذهبية الجميلة وهرع إلى قاربه الذي كان مخبأ بين أعوود القصب عند شاطئ البحيرة.

بعد فترة، عاد العملاق إلى بيته. وحين لم يجد زوجته، تساءل في نفسه: «أين ذهبت المرأة؟»؛ «حسناً، ربما نامت لتستريح قليلاً»، قال لنفسه. ولكن نوم العجوز طال كثيراً ولم تستيقظ بعد، على الرغم من أن الضيوف أوشكوا على الوصول. صاح العملاق ليوقظها: «استيقظي يا امرأة!»، ولكنها لم تجب. صاح بها للمرة الثانية، ولم تجب أيضاً. استاء العملاق عندئذٍ وهزّ معطف الفراء الراقد في السرير بعنف. فأدرك في تلك اللحظة أنها ليست عجوزه، بل كومة قش محشوة في معطفها. وحين اكتشف ذلك، استشعر العملاق المصيبة، وقفز ليطمئن على قيثارته الذهبية. لكنه لم يجد مجموعة المفاتيح، ووجد الأقفال الإثني عشر قد فُتحت، والقيثارة الذهبية قد اختفت. ولما اتجه أخيراً إلى باب الفرن وفتحه ليرى ما حلّ بطعام الوليمة، جمد في مكانه- رأى امرأته جالسة وهي مشوية في الفرن وتحدّق فيه.

استبدّ الغضب والاستياء بالعملاق، وركض لينتقم لنفسه من ذلك الذي تسبب له بكلّ هذا الأذى. ولما وصل إلى الشاطئ رأى الفتى جالساً في قاربه يعزف على القيثارة التي تتردّد ألحانها بعذوبة على الماء وتلمع أوتارها الذهبية تحت أشعة الشمس. ركض العملاق في الماء ليمسك

بالفتى، لكن الماء كان عميقاً جداً، فعاد إلى الشط واستلقى على الأرض وبدأ يشرب من البحيرة ليفرغها من الماء. وحين بدأ يشفط الماء بكل قوته، أحدث تياراً قوياً سحب القارب الصغير حتى اقترب كثيراً من اليابسة. وعندما أوشك العملاق على الإمساك بالفتى، كان قد شرب كثيراً جداً، فانفجر. وكانت تلك هي نهاية العملاق.

بقي العملاق ميتاً عند الشاطئ، في حين جذَّف الفتى عائداً عبر البحيرة وهو مسرور جداً. وعندما وصل إلى الشاطئ، صفَّف شعره الأشقر، وارتدى ملابس ثمينة، وتقلَّد سيف العملاق الذهبي، وحمل القيثارة الذهبية بيد، والفانوس الذهبي باليد الأخرى، وسارت الدجاجات الذهبية الثلاث خلفه حتى دخل القاعة حيث كان الملك جالساً إلى المائدة مع حاشيته. فلما رأى الملك الفتى وقد عاد سليماً، ابتهج ونظر إليه بعينين حانيتين. تقدَّم الفتى من ابنة الملك الجميلة وحيّاها بأدب، ووضع بين يديها كنوز العملاق الثمينة. أقيم بعد ذلك فرح كبير في بلاط الملك وفي أرجاء مملكته كافة، وذلك بعد أن حصلت الأميرة على مقتنيات العملاق الثمينة، وحصلت أيضاً على خطيب جميل وشجاع جداً. ثم احتفل الملك بزفاف ابنته بمراسم رائعة وفخمة. وحين مات الملك العجوز، أصبح الفتى ملكاً على تلك البلاد، وعاش طويلاً وتمتع بصحة جيدة. ثم تركتهم على تلك الحال، قال الراوي.

4

نصف القزم،
أو السيوف الثلاثة

حكاية من مقاطعة سمولاند

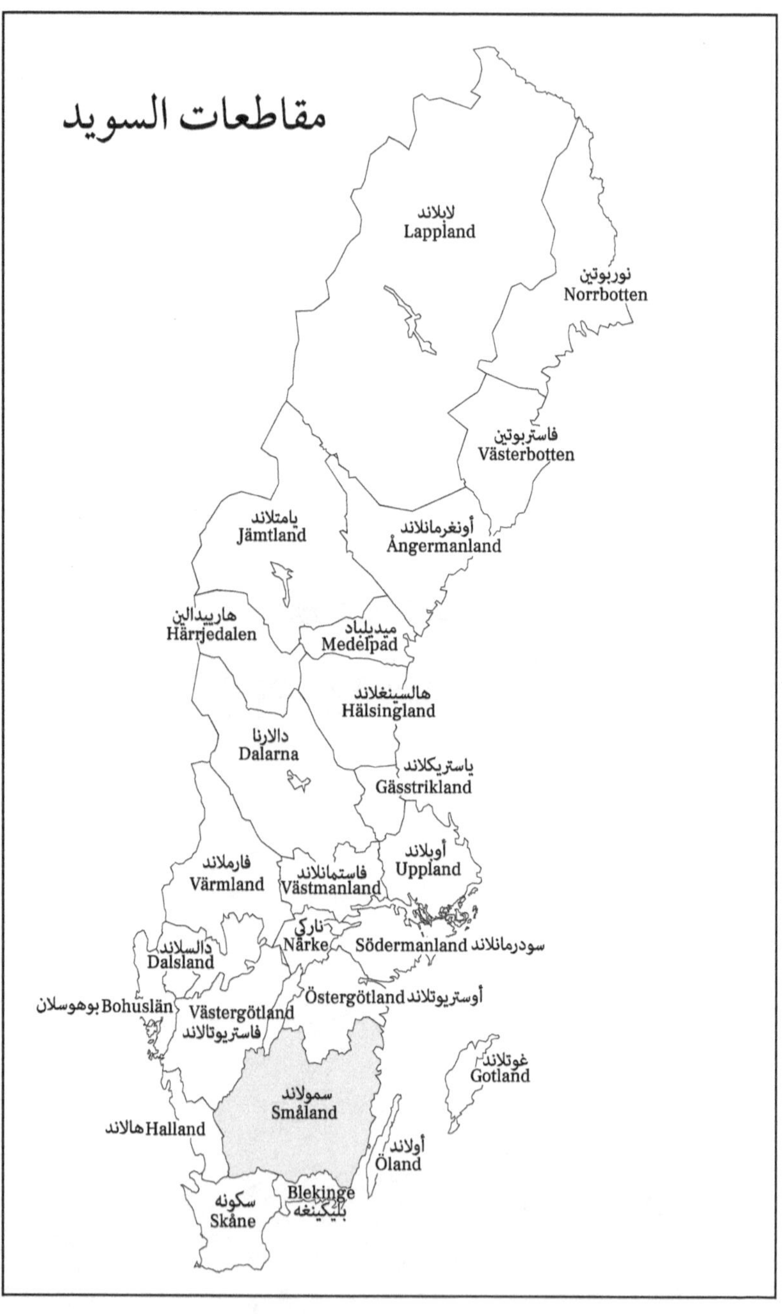

مقاطعات السويد

لابلاند
Lappland
نوربوتين
Norrbotten
فاستربوتين
Västerbotten
يامتلاند
Jämtland
أونغرمانلاند
Ångermanland
هارييدالين
Härrjedalen
ميديلباد
Medelpad
هالسينغلاند
Hälsingland
دالارنا
Dalarna
ياستريكلاند
Gässtrikland
فارملاند
Värmland
فاستمانلاند
Västmanland
أوبلاند
Uppland
دالسلاند
Dalsland
ناركي
Närke
سودرمانلاند
Södermanland
بوهوسلان Bohuslän
أوستريوتلاند
Östergötland
فاستريوتالاند
Västergötland
غوتلاند
Gotland
سمولاند
Småland
هالاند Halland
أولاند
Öland
Blekinge
بليكينغه
سكونه
Skåne

ذات مرّة في قديم الزمان، كما يقال وكما تبدأ جميع الحكايات الخيالية، كان هناك حدّاد. وكان ذلك الحدّاد قد أنجز عمله وأوشك على الذهاب إلى الغابة لقطع الأشجار وليجلبها إلى المفحمة كخشب يُصنع منه الفحم. فلما أكل طعامه واستعد للذهاب، قال لزوجته: «أتأتين إليَّ بطعام العشاء في غابة الصنوبر؟». وعدت المرأة أن تفعل ما قاله زوجها. ثم ذهب الحدّاد إلى الغابة وبدأ بقطع الأشجار. وعندما حان الوقت لتناول طعام العشاء، جاءته زوجته بالطعام، كما اتفقا من قبل. أكل الرجل طعامه، ثم استلقى ليرتاح قليلاً، كما هو معتاد في فصل الصيف، ونام لفترة من الوقت متوسِّداً ذراع امرأته.

وبعد أن أخذا قيلولة، نهضت الزوجة وعادت من حيث أتت، لكنها أخذت فأس الحدّاد معها. «فيم تحتاجين الفأس؟»، سأل الحدّاد، وأضاف: «هناك أربع فؤوس معلقة على عِلاقَة الفؤوس في البيت». لم تجب المرأة، بل واصلت سيرها. بدا له سلوك امرأته غريباً، لكنه قال في نفسه: «ستُخبئ الفأس بين بعض الشجيرات، حيث سأجدها لاحقاً». ثم بدأ الحدّاد بتكديس الخشب لنقله إلى المفحمة.

بعد فترة من الوقت، جاءت زوجة الحدّاد تمشي إلى زوجها حاملة طعام العشاء. سألته: «ألا تريد أن تتناول عشاءك؟»، فاندهش الحدّاد وقال: «آكل الآن؟ ما حكاية الأكل هذه؟». قالت الزوجة: «نعم، لقد تأخرتُ بالعودة، لكنني لم أهدر الوقت سدى. لقد خبزت لك، ومخضت اللبن لأصنع لك الزبدة». فازدادت دهشة الحدّاد، وقال في نفسه لا بد وأن ثمة أمراً سيئاً وراء ذلك. ثم جلس ليأكل قدر استطاعته ولم يتكلم، بل بدا له أنه من الأفضل أن يدع الأمور كما هي.

بعد انقضاء نحو سبع سنوات على تلك الأحداث، وفي مساء أحد الأيام بينما كان الحدّاد عند كدس الخشب منهمكاً بتقطيع الخشب للموقد في ذلك المساء، جاءه فتى حاملاً فأساً على ذراعه. سأله الحدّاد: «مِمَّ تشكو فأسك؟ هل تحتاج إلى إصلاح أم شحذ؟»، لم يجب الفتى. تناول الحدّاد الفأس، وتفحصها بعناية شديدة. قال: «لا عيب في الفأس، ولكن يا لعاري! أليست هذه فأسي؟» فقال الفتى: «إذا كانت هذه الفأس لك، فأنت أبي». توجب عندئذٍ على الحدّاد أن يتعرف على ابنه، كما تعرّف على فأسه، لذلك ذهب إلى زوجته وهو شديد القلق، وأخبرها أن صبياً أتى يريد العمل معه كمساعد في أعمال الحدادة. لكن الزوجة رفضت سماع أي حديث حول زيادة عدد أفراد الأسرة، قائلة إن أسرتها كبيرة بالفعل. لكن، وبعد الكثير من الرجاء، استطاع الرجل إقناعها. ثم جيء بالفتى إلى الكوخ، وأُعطي طعاماً وثياباً، ورافق والده كمساعد في أعمال الحدادة.

مضى زمن على تلك الحال. كان الفتى سريعاً ومطيعاً وقوياً في آنٍ معاً،

وذلك لأنه نصف إنسان ونصف قزم. لكنه كان ضخماً جداً أيضاً، ونهماً لا يشبع، لدرجة أن والده لم يعد قادراً على إطعامه. لذا ذهب الحدّاد في أحد الأيام إلى قصر الملك وسأل طباخ الملك إن كان يريد الفتى مساعداً له في المطبخ. قال الطبّاخ: «نعم، أحتاجه الآن وهو في سنّ مناسب. هاتِ الصبي، وكلما أسرع بالمجيء، كان ذلك أفضل». ففرح الحدّاد وقال لنفسه: «إذا عمل ابني في قصر الملك، فربما استطاع أن يأكل حتى يشبع». عاد الحدّاد إلى البيت، وحكى لأسرته عما جرى معه.

فلما سمع الفتى تلك الأخبار، قال: «يا أبتاه، أريد الآن أن أصنع ثلاثة سيوف: واحد بوزن ثلاثة أرطال، والثاني بوزن ستة أرطال، والثالث بوزن اثني عشر رطلاً. وأريد، إلى جانب ذلك، ثلاثة معاطف من الكتّان، واحد لكل سيف. فإذا حصلتُ على ما أريد، فسأكسب الكثير من المال الذي سيغنيني عن العمل كحدّاد مرة أخرى». وجد الحدّاد الفقير صعوبة كبيرة في جمع الحديد والصلب اللازم لصناعة السيوف الثلاثة، لكنه لم يجرؤ على رفض طلب ابنه. ولما جُهّز كل شيء كما طلب الفتى، تبيّن أن السيف الثالث لم يزن أكثر من أحد عشر رطلاً، وذلك لأن رطلاً من الحديد احترق في الموقد. فغضب الفتى وقال: «لو لم تكن والدي وأنا ابنك، كنت سأقوم بهذا العمل بدلاً منك. والسؤال المطروح الآن هو إن كنتُ سأجني أي فائدة من هذا السيف». فلما رأى الحدّاد غضب ابنه خاف وقال لنفسه: «السيف ثقيل وسيكون من الصعب عليك حمله، على الرغم من قوّتك. أعرف كمْ أرهقني رفعه من الموقد إلى السندان». ثم أخذ الفتى السيوف الثلاثة ومعاطف الكتان الثلاثة،

وخبأها تحت صخرة، وذهب مع أبيه إلى قصر الملك والتحق بخدمة الطبّاخ كما اتُفق عليه.

وحدث ذات مرة أن أنطلق الملك الذي حكم تلك البلاد على رأس حملة عسكرية في البحر. ثم هبّت عاصفة عنيفة وهاج البحر، حتى أيقن الجميع أن السفينة ستغرق لا محالة بها فيها ومن عليها. ثم تبيّن أن ثلاثة من أقزام البحر هم الذي سببوا العاصفة والطقس السيئ، وأنهم لن يسمحوا للملك بالنزول إلى الشاطئ، إلا إذا وعدهم بأن يعطيهم بناته الثلاث الجميلات. وعندما عاد الملك إلى قصره، أصدر مرسوماً قال فيه إن أي محارب شجاع يخاطر بحياته وينقذ الأميرات الثلاث، سيتزوج من إحداهن ويصبح ملكاً على نصف المملكة. لكن لم يبرز أي مقاتل لديه من الجرأة والشجاعة التي تؤهله للانتصار على أقزام البحر المرعبين، باستثناء خيّاط وقف بجرأة شديدة، ووعد ببذل كل ما في وسعه.

ولما حان وقت تسليم بنات الملك إلى أقزام البحر، عمّ العويل والنواح أرجاء المملكة كافة، وكان أشدّ الناس عويلاً ونواحاً الملك وامرأته الملكة. ثم أُخذت الأميرة الأكبر سناً إلى البحر في موكب عظيم، وسار خلفها جميع الناس. وعندما وصل الموكب إلى البحر، جلست الأميرة العذراء على رمال الشاطئ البيضاء، ووضعت يدها على خدها، وذرفت دموعاً غزيرة. أما الخيّاط الذي ادّعى الشجاعة فقد نسي كلماته العظيمة، وتسلّق شجرة عالية نبتت في ذلك المكان.

في تلك الأثناء، ذهب الفتى، مساعد الطبّاخ، إلى معلّمه، وطلب منه الإذن بالخروج إلى المدينة ليرفّه عن نفسه لبعض الوقت. وافق الطبّاخ

على طلبه، لكنه طلب منه أن لا يغيب طويلاً. ركض الفتى عندئذٍ إلى بيت أبيه، وأخذ السيف، الذي يزن ثلاثة أرطال، وارتدى معطف الكتّان فوق ملابسه، ثم اصطحب كلبه وسلك طريقه إلى شاطئ البحر. ولما وصل إلى المكان حيث كانت ابنة الملك جالسة، تقدّم منها وحيّاها بأدب وسألها: «لماذا تجلس الشابة الجميلة هنا وحيدة وحزينة». أجابت الأميرة: «وكيف لا أحزن؛ لقد وقع والدي في محنة في البحر، ووعد بإعطائي إلى قزم متوحش من أقزام البحر. وأخشى أن يأتي الآن ويأخذني؛ يا لي من فتاة مسكينة». فقال الفتى: «أليس في مملكة أبيك كلها مقاتل يستطيع أن ينقذ حياتك؟». «بلى»، أجابت الأميرة، وأضافت: «ثمة خيّاط مختبئ في أعلى هذه الشجرة. لقد وعدني أن يفعل ما بوسعه». فلما التفت الفتى ورأى الخيّاط قابعاً في الأعلى، ابتسم وقال: «لا تثقي أيتها الشابة بمثل هذا المقاتل. ولكن إذا فليت شعري من القمل قليلاً، فسوف أنقذ حياتك». اعتبرت ابنة الملك ذلك الطلب وقحاً، ولكنها لم تستطع الرفض بسبب المحنة التي هي فيها. فقال الفتى لكلبه الذي سمّاه «الوفيّ الصغير»: «هيا أيها الوفيّ الصغير، احرسنا وكن يقظاً». ثم وضع رأسه على ركبة الشابة، فبدأت تفلي شعره. أما الخيّاط فظلّ قابعاً في أعلى الشجرة يرقبها. وفي تلك الأثناء، سحبت ابنة الملك خيطاً حريرياً أحمر من سترتها، وضفرته خفية في إحدى خصلات شعر الفتى الطويلة.

في تلك اللحظة سُمعت دمدمة قوية وضوضاء شديدة آتية من جهة البحر، وارتفعت الأمواج وتدافعت نحو الشط، ثم خرج من الأعماق مخلوق بحري مخيف له ثلاثة رؤوس. وأقبل برفقة القزم البحري كلبه

الكبير الذي يضاهي في حجمه عجل البقر الذي بلغ من العمر عاماً. قال المسخُ: «أين هي إذاً ابنة الملك التي وُعِدتُ بها؟» أجاب الفتى: «ها هي جالسة هنا. ولكن اقترب حتى نتحدث». قال القزم: «هل تريد ملاعبتي أيها الولد الصغير ببعض الحيل؟» أجاب الفتى: «لا، لقد جئت لأقاتلك دفاعاً عن الأميرة الشابة». قال القزم: «حسناً، ولكن لندع كلبينا يتقاتلان أولاً». «أنا موافق»، قال الفتى.

حرّض الفتى والقزم البحري كلبيهما على التقاتل، فاشتبك الكلبان في قتال ضارٍ. ثم انتهت المعركة بأن عضَّ كلب الفتى، الوفيّ الصغير، كلب القزم من حلقه فسال دم قزم البحر وسقط ميتاً على الرمال. قال الفتى: «أنظر الآن ما الذي حدث لكلبك، وهذا ما سيحدث لك». ثم نهض إلى القزم، وسحب سيفه الذي يزن ثلاثة أرطال وضرب به القزم حتى سقطت رؤوسه الثلاثة في البحر. وهكذا لقي قزم البحر مصيره. وعندما رأت العذراء ما حدث، صاحت بفرح كبير: «الآن نجوت!» ثم طلبت من المقاتل الغريب أن يتبعها إلى قصر الملك ليحصل على التكريم الذي يستحقه والمكافأة الجزيلة نظير خدمته العظيمة. لكن الفتى رفض ذلك، قائلاً إن ما فعله شيء بسيط لا قيمة له، ولا يستحق أن يقال عنه الكثير. ثم أخذ الفتى بعض اللآلئ والمجوهرات التي كان القزم البحري يتزين بها، وودّع ابنة الملك بلطف، ومضى في سبيله.

خلال ذلك كله، ظلّ الخيّاط الشجاع قابعاً في أعلى شجرة التنوب يراقب مجريات المعركة بخوف شديد. وعندما انتهى الخطر، أسرع بالنزول عن الشجرة، ثم سحب سيفه وأجبر ابنة الملك على أن تقسم

بأنه هو الذي أنقذها، وليس أي شخص آخر. ثم عادا معاً إلى قصر الملك، ويمكن للمرء أن يتخيّل مقدار الفرح بعودة الأميرة سالمة من كل أذى. وقد أمر الملك بأن تُقام على الفور وليمة كبيرة، ثم جلس إلى المائدة وأجلس الخيّاط إلى جانبه، وأعلن، أمام حاشيته جميعاً، أن الخيّاط هو المقاتل الأفضل.

في اليوم الثاني، تقرّر إخراج الأميرة الوسطى وتسليمها إلى قزم البحر، وساد حزن شديد كما حدث في اليوم السابق. ولكن، وبما أن الخيّاط الشجاع أنقذ ابنة الملك الكبرى، فقد ظنّ الناس بأنه سينقذ أختها أيضاً. لذلك وضعوا ثقتهم الشديدة في الخيّاط الذي تقبّل بسرور كلمات الثناء والمديح. ثم أُخذت الأميرة الشابة إلى شاطئ البحر، ورافقها الناس جميعاً طوال رحلتها. وعندما وصل الموكب، جلست ابنة الملك عند الشاطئ، وبكت بمرارة، حتى سقطت دموعها على الرمال البيضاء. أمّا الخيّاط فرأى أن من المستحسن عدم البقاء حيث هو، فصعد إلى أعلى الشجرة واختبأ بين أغصانها، كما فعل في المرة السابقة.

في تلك الأثناء، ذهب الفتى إلى معلّمه الطبّاخ وقال: «يا معلّمي، أعطني الإذن بالخروج إلى المدينة لأرفّه عن نفسي قليلاً. بالأمس لم يكن لدي الوقت الكافي لأتجوّل كما أريد». أجاب الطبّاخ: «إذا انتصر الخيّاط على القزم، فستقام هنا اليوم وليمة أكبر من وليمة الأمس، وسيتوجب عليّ وحدي إعداد الطعام؛ ها هناك وعاء كبير يتسع لثمانية عشر مكيال من الماء، وليس لدي من يساعدني في جلب دلو ماء واحد». فسأل الفتى معلّمه إن كان يستطيع الذهاب بعد أن يملأ الوعاء بالماء. وافق الطبّاخ،

وقال في نفسه إن المساء سيحل قبل أن يملأ الفتى الوعاء. لكن الفتى حمل الوعاء الكبير بين يديه، وركض به إلى البئر، وملأه بالماء حتى فاض الماء عن جميع حوافه. ثم أخرج بعض اللآلئ الجميلة ودسّها في يد معلّمه الذي سَرّ بها كثيراً. وعندما أدرك الطبّاخ قوة الفتى الهائلة لم يعد يجرؤ على رفض طلبه، بل قال: «اذهب بسلام، ولكن لا تتأخر». فركض الفتى إلى بيته ليأتي بالسيف الذي يزن ستة أرطال، وارتدى معطف الكتان فوق ملابسه، ثم اصطحب كلبه واتجه إلى شاطئ البحر.

عندما وصل الفتى إلى المكان حيث كانت ابنة الملك جالسة، تقدّم منها وحيّاها بأدب وسألها: «لماذا تجلس الشابة الجميلة هنا وحيدة وحزينة». أجابت الأميرة: «وكيف لا أحزن؛ لقد وقع والدي في محنة في البحر، ووعد بإعطائي إلى قزم متوحش من أقزام البحر. وأخشى أن يأتي الآن ويأخذني؛ يا لي من فتاة مسكينة». فقال: «أليس في مملكة أبيك كلها مقاتل يستطيع أن ينقذ حياتك؟» «بلى»، أجابت الأميرة، وأضافت: «ثمة خيّاط مختبئ في أعلى شجرة التنوب هذه وقد وعدني بأن ينقذني كما أنقذ أختي». وحين قالت ذلك، التفت الفتى فرأى الخيّاط مختبئاً في أعلى الشجرة، ابتسم وقال: «لا تثقي أيتها الشابة بمثل هذا المقاتل. ولكن إذا فـَلَيتِ شعري من القمل قليلاً، فسوف أنقذ حياتك». اعتبرت ابنة الملك ذلك الطلب نوعاً من الوقاحة، ولكنها لم تستطع الرفض بسبب المحنة التي هي فيها. فقال الفتى لكلبه الذي سمّاه «الوفيّ الصغير»: «هيا أيها الوفيّ الصغير، احرسنا وكن يقظاً». ثم وضع رأسه على ركبة الفتاة، فبدأت تفلي شعره. أما الخيّاط فظلّ قابعاً في أعلى الشجرة يرقبهما. وفي

تلك الأثناء، سحبت ابنة الملك خيطاً حريرياً أسود من عباءتها، وضفرته خفية في إحدى خصلات شعر الفتى الطويلة.

وفي تلك اللحظة بدأ الكلب الوفي بالنباح، وسُمعت دمدمة قوية وضوضاء شديدة آتية من جهة البحر، وارتفعت الأمواج وتدافعت نحو الشط، ثم خرج من الأعماق قزم بحري هائل الحجم، بشع المنظر وله ستة رؤوس. أما كلب القزم فحجمه بحجم ثور عمره سنتان. سأل المسخُ: «أين هي إذاً ابنة الملك التي وُعِدتُ بها؟» أجاب الفتى: «ها هي جالسة هنا. ولكن اقترب حتى نتحدث». قال القزم: «هل تريد مقاتلتي أيها الصبي الصغير؟» أجاب الفتى: «لهذا السبب جئتُ إلى هنا». فقاطعه القزم بالقول: «بالأمس قتلتَ أخي، واليوم سأقضي عليك. ولكن لندع كلبينا يتقاتلان أولاً». «أنا موافق»، قال الفتى.

حرّض الفتى والقزم البحري كلبيهما على التقاتل، فاشتبك الكلبان في معركة دامية. ثم انتهت المعركة بأن عضَّ كلب الفتى، الوفيّ الصغير، كلب القزم من حلقه فسال دمه وسقط ميتاً على الرمال. قال الفتى: «أنظر الآن ما الذي حدث لكلبك، وهذا ما سيحدث لك». ثم نهض إلى القزم، ولوّح بسيفه الذي يزن ستة أرطال وضرب به القزم حتى سقطت رؤوسه الستة في الماء. وهكذا لقي قزم البحر مصرعه. وعندما رأت الفتاة ما حدث، غمرتها السعادة وصاحت من أعماق قلبها: «الآن نجوت!» ثم طلبت من المقاتل الغريب أن يتبعها إلى قصر أبيها ليحصل على التكريم الذي يستحقه والمكافأة الجزيلة على خدمته العظيمة. لكن الفتى رفض ذلك، قائلاً إن ما فعله أمر بسيط لا قيمة له، ولا يستحق

أن يقال عنه الكثير. ثم أخذ الفتى بعض اللآلئ والحلي التي كان القزم البحري يتزين بها، وودّع ابنة الملك بأدب جمّ، ومضى مسرعاً في سبيله.

وحين كانت المعركة على أشدّها، ظلّ الخيّاط مختبئاً في أعلى الشجرة، وهو شبه ميت تقريباً من شدّة القلق والخوف. وعندما انتهت المعركة، نزل عن الشجرة، ثم سحب سيفه وأجبر ابنة الملك على أن تقسم بأنه هو الذي أنقذها، وليس أي شخص آخر. لم ترغب الأميرة في أن تفعل ما طلب منها، لكنها خافت على حياتها وخشيت من الرفض. ثم أحضرها الخيّاط إلى قصر الملك، فاستُقبلا بفرح شديد وأقيم لهما احتفال كبير. ثم أُقيمت وليمة أعظم من وليمة اليوم السابق. جلس الخيّاط إلى جانب الملك، وأحيط من قبل الجميع بالتكريم والاحترام الشديد. ثم تحدث هو نفسه متفاخراً، وأشاد كثيراً بمآثره الشخصية.

وفي اليوم الثالث، أُخرجت ابنة الملك الصغرى لتُسلَّم إلى قزم البحر. ثم عمَّ الحزن الشديد أكثر من ذي قبل، ليس في قصر الملك فحسب، بل في المملكة بأكملها؛ وذلك لأن الأميرة كانت محبوبة من الجميع بسبب جمالها ولطفها. وقد وضع معظم الناس ثقتهم في الخيّاط الشجاع، قائلين إنه سينقذ ابنة الملك، كما أنقذ أختيها؛ لكن الأميرة نفسها لم تجد في ذلك ما يواسيها ويهدئها، بل بكت بحرقة ومرارة. وهكذا أُخذت الأميرة إلى شاطئ البحر، فجلست عند الشاطئ. أمّا الخيّاط فنسي كلّ وعوده العظيمة وتسلّق شجرة التنوب العالية، كما اعتاد أن يفعل.

وفي تلك الأثناء قصد الفتى الطبّاخ معلّمه وقال: «سيدي، امنحني الإذن لأرفّه عن نفسي مرة أخرى في المدينة. ولن أطلب منك الإذن

بالخروج بعد الآن. ونظراً إلى أن الطبّاخ قد عرف قوة الفتى الهائلة، وكرمه أيضاً، فلم يكن ليرفض مثل هذا الطلب البسيط، لذلك قال: «اذهب بسلام، ولكن لا تذهب بعيداً. فإذا فاز الخيّاط، فستقام هنا اليوم وليمة أكبر بكثير من أي وليمة سابقة». أخرج الفتى عندئذ بعض الحلي الذهبية، ووضعها في يد معلّمه الذي عبّر عن سروره الشديد بها، وإذا قيل خلاف ذلك فهو كذب. انطلق الفتى بعد ذلك مسرعاً واستخرج السيف الثالث الذي ينبغي أن يكون وزنه اثني عشر رطلاً، لكنه لم يزن سوى أحد عشر رطلاً. ولما لوّح به بيده ورأى كم هو خفيف، غضب من جديد وقال للحدّاد: «لو لم تكن أبي، كما هو الحال الآن، لأذقتك طعمه. الحظ وحده سيقرّر الآن إن كنتُ سأعود سالماً أم سألقى حتفي. ثم تقلّد الفتى سيفه، وارتدى معطف الكتان فوق ملابسه، واصطحب كلبه ومضى سالكاً الطريق إلى شاطئ البحر.

عندما وصل إلى المكان الذي جلست فيه ابنة الملك باكية عند الشاطئ، سُرّ بمجيئه الخيّاط الكامن في أعلى شجرة التنوب. لكن الفتى لم يلحظ وجود الخيّاط، بل اتجه إلى الأميرة، وحيّاها بأدب، وقال: «أيتها الشابة الجميلة، لماذا تجلسين هنا حزينة وتذرفين الدموع على خديك؟» أجابت ابنة الملك: «وكيف لا أذرف الدموع وقد وقع والدي في محنة في البحر، ووعد بإعطائي إلى قزم من أقزام البحر. وأخشى أن يأتي الآن ويأخذني؛ يا لي من فتاة مسكينة». عندما رأى الفتى حزنها، خفق قلبه في صدره، وذلك بطريقة لم يعهدها من قبل. فقال: «أليس في مملكة أبيك كلها مقاتل يستطيع أن ينقذ حياتك؟» «بلى»، أجابت الأميرة، وأضافت:

«ثمة خيّاط شجاع مختبئ في أعلى هذه الشجرة وقد وعد بإنقاذي كما أنقذ أختيَّ من قبل». التفت الفتى عندئذٍ فرأى الخيّاط كامناً في أعلى الشجرة. ابتسم الفتى، وقال: «لا تثقي أيتها الشابة النبيلة بمثل هذا المقاتل. ولكن إذا فَليتِ شعري من القمل قليلاً، فسوف أخاطر بحياتي من أجلك».

«سأفعل ذلك بكل سرور»، قالت ابنة الملك؛ وذلك لأنها أحبّت الفتى بسبب اندفاعه وشجاعته. قال الفتى عندئذٍ لكلبه الذي سمّاه «الوفيّ الصغير»: «هيا أيها الوفيّ الصغير، احرسنا وكن يقظاً». ثم وضع رأسه في حضن العذراء وغفا قليلاً وهي تفلي شعره. ولكن حين اكتشفت ابنة الملك الخيطين اللذين المضفورين في شعر الفتى، بدا لها ذلك أمراً غريباً؛ لكنها سحبت خيطاً حريرياً من ردائها القرمزي، وضفرته خفية في إحدى خصلات شعر الفتى.

في تلك اللحظة بدأ الكلب الوفيّ بالنباح، وسُمعت دمدمة قوية وضوضاء شديدة آتية من جهة البحر. قال الفتى: «لقد حان وقت النهوض. أعطني مئزرك أيتها الشابة الجميلة لعلنا نستفيد منه». ففعلت ابنة الملك ما طُلب منها، ثم قطّع الفتى المئزر إلى اثنتي عشرة قطعة بسيفه. وارتفعتِ الأمواج وتدافعت نحو الشط، ثم ظهر قزم البحر الرهيب برؤوسه الاثني عشر، كلّ منها أقبح من الآخر. أما كلب القزم فكان ضخماً، يضاهي في حجمه أضخم الثيران. قال المسخُ: «أين هي إذاً ابنة الملك التي وُعِدتُ بها؟» أجاب الفتى: «ها هي جالسة هنا. ولكن اقترب حتى نتحدث». قال القزم: «ربما تنوي قتلي اليوم، أيها الصبي الصغير، كما قتلت أخويّ من قبل؟» أجاب الفتى: «لهذا السبب جئتُ إلى هنا». قال

القزم: «انتظر! ستلتقي اليوم بمن يغلبك. ولكن، لندع كلبينا يتقاتلان أولاً». «أنا موافق»، قال الفتى.

حرّض الفتى والقزم البحري كلبيهما على التقاتل، فاشتبك الكلبان في قتال شديد. ولكن المعركة بينهما انتهت بسرعة، لأن كلب القزم عضّ كلب الفتى وابتلعه في لقمة واحدة. وكانت تلك نهاية الكلب الوفيّ، والتي بدت كفأل سيء. لم يَخَف الفتى، بل تقدم وضرب بالسيف حتى سقطت رؤوس القزم الاثني عشر في البحر. لكن ذلك القزم كان من نوع غريب، إذ كلما قُطع أحد الرؤوس وسقط في الماء، استردّ الرأس روحه وقفز على الفور ليستقرّ في مكانه كما كان من قبل. فلما رأى الفتى ذلك، نادى ابنة الملك وقال: «أيتها الشابة النبيلة، المساعدة الجيدة ثمينة في هذا الوقت. ضعي قطعة من مئزرك على جذع الرقبة كلما قطعتُ أحد الرؤوس حتى لا يعود الرأس وينبت من جديد». ضرب الفتى حينئذٍ بالسيف ضربة أطاحت برأسٍ ثانٍ فسقط على الأرض، فأسرعت ابنة الملك، التي كانت مستعدة، وفعلت كما قيل لها. ثم ضرب الفتى الرأس الثالث فسقط أيضاً؛ فأسرعت الأميرة ووضعت قطعة من مئزرها على جذع الرقبة. وكذلك فعلا بالرأس الرابع. فلما قطع الفتى سبعة رؤوس على هذا النحو، بدأ القزم بالتضرّع راجياً الإبقاء على حياته، وقال: «كفّ عني سيفك، وسأدع الأميرة الشابة وشأنها وسأنصرف من هنا على الفور». لكن الفتى كان غاضباً ومنهمكاً بالضرب بالسيف، فقال للقزم: «لا تظن بأنك ستخرج من هنا حياً، فها أنا قد انتصرت عليك». قال ذلك وواصل الضرب بسيفه بقوّة أشدّ حتى سقطت الرؤوس على

الأرض، الواحد تلو الآخر. وكانت ابنة الملك دائمة الاستعداد فكانت تضع قطعة قماش على الجرح كلما سقط أحد الرؤوس. ولم يتوقفا حتى قطع الفتى رؤوس القزم الاثني عشر كلها؛ وكانت تلك نهاية قزم البحر. وفي تلك الأثناء، كان الخيّاط لا يزال قابعاً في أعلى شجرة التنوب، ولم يجرؤ على التحرك من شدة خوفه.

عندما انتهت المعركة، صاحت ابنة الملك مبتهجة من أعماق قلبها: «الآن نجوت!»، ثم شكرت بطلها على مساعدته البطولية، وطلبت منه أن يذهب معها إلى قصر والدها، ليتلقى التكريم والمكافأة التي يستحقها. لكن الفتى رفض عرضها، قائلاً إنه لا حاجة إلى قول الكثير عن الخدمة الصغيرة التي استطاع تقديمها. ثم أخذ بعض مجوهرات القزم، وودع ابنة الملك الجميلة وانصرف.

بعد مغادرة الفتى، أسرع الخيّاط بالنزول عن الشجرة، ثم استلّ سيفه وهدّد الأميرة بالقتل، ما لم تقسم على القول إنه هو، وليس أي شخص آخر، الذي أنقذها من قزم البحر. رأت ابنة الملك أن ما اشترطه الخيّاط أمراً غير مقبول، وذلك لأن قلبها مال إلى المقاتل الشاب الذي خاطر بحياته من أجلها وكان له الفضل في إنقاذها. لكنها لم تجرؤ على الرفض بسبب المحنة التي هي فيها، لذلك وعدت بأن تفعل ما طلبه الخيّاط. وهكذا سارا معاً نحو قصر الملك. شعرت الأميرة بالإحباط ولم تتحدث كثيراً؛ أمّا الخيّاط فقد سار إلى جانبها بخطوات واثقة وحركات استعراضية، كما لو أنه المقاتل الأشدّ بسالة. فلما رآهما الملك قادمين من بعيد، شعر بفرح عظيم جداً لأنه لم يكن يأمل في رؤية ابنته مرة أخرى

في حياته. فاستقبلهما مع جميع حاشيته وأقيمت لهما مراسم استقبال فخمة وعظيمة. وعمّ الفرح قصر الملك بعد خلاص الأميرات الثلاث وانتشرت شهرة الخيّاط وشجاعته في أنحاء المملكة وجوارها.

لكن، وعلى الرغم من مرور بعض الوقت على موعد الوليمة، لم يوضع على المائدة أي طعام. غضب الملك وأرسل ابنته الصغرى لتتحقق من سبب عدم تقديم الطعام. اعتذر الطبّاخ بحجة غياب مساعديه، مما اضطره إلى إعداد الطعام وحده. عادت الأميرة بتلك الرسالة. وقد صادفت في طريق عودتها الفتى مساعد الطبّاخ، فخطر ببالها أن تدقق النظر فيه قبل أن يبتعد، فتعرفت عندئذٍ على المقاتل الشجاع الذي قاتل من أجلها. ففرحت ابنة الملك وركضت مسرعة إلى أختيها لتخبرهن بما سمعت ورأت.

وبينما كانت الأميرات يتحدثن فيما بينهن، جاء الملك، والدهن، وسمع ما قلنه. عجب الملك وأمر بناته أن يروين له كل ما حدث. ثم روت ابنة الملك الصغرى كل شيء، كما حدث، من البداية إلى النهاية، وأكدت الأميرات الأكبر سناً رواية أختهن. استبد الغضب الشديد بالملك بسبب احتيال الخيّاط وغشه، وأبدى في الوقت نفسه استعداده لردّ الجميل للمقاتل الحقيقي. لذلك أرسل من يأتيه بمساعد الطبّاخ على الفور.

فلما جاء الرسول بطلب مساعد الطبّاخ، عجب جميع خدم الملك وحاشيته من الشبان الصغار عجباً شديداً. لكن الفتى مساعد الطبّاخ لم يرغب في الذهاب، وقال: «كيف سأقف بين يدي الملك. أنا إنسان

متواضع وأرتدي ثياباً متواضعة. فقال له رسول الملك إن من الأفضل له أن يطيع أمر الملك. فصعد الفتى بكل جرأة إلى القاعة حيث كان الملك جالساً مع جميع ضيوفه. وكان الخيّاط جالساً إلى جانب الملك. فلما رأى الخيّاط المقاتل الباسل الذي أنقذ الأميرات، شحب لونه وأصبح بلون الأرض. التفت الملك عندئذٍ إلى مساعد الطبّاخ وسأله بصوت عالٍ: «أأنت الذي أنقذت بناتي الثلاث؟». أجاب الفتى بجرأة: «الجميع يعلم أنه ليس أنا، بل الخيّاط من فعل ذلك». «لا»، صرخت بنات الملك الثلاث بصوت واحد، وأضفن: «أنت من أنقذنا، وتلك هي خيوط الحرير الثلاثة التي ضفرناها في شعرك عندما توسَّدت ركبنا. ثم تقدمت الأميرات إلى الأمام، وأمسكن بمساعد الطبّاخ، وبحثت كل منهن في خصلات شعره الطويل عن خيط الحرير الذي ضفرته بشعره. فتأكّد الجميع من صدق ما قلنه. فقال الملك: «ما دمت قد أنقذت الأميرات، فسوف نكافئك. سأعطيك ابنتي الصغرى ونصف مملكتي».

وهكذا عمّ الفرح الشديد أنحاء القصر الملكي، واحتُفل بالزفاف في أجواء من البهجة والسرور. أمّا الخيّاط الشجاع فقد تسلل مبتعداً عن الحفل شاعراً بالعار والخجل، ولا تتحدث هذه الحكاية عن المزيد من إنجازاته.

5

الفتى الفضيّ والفتى الجميل

حكاية من مقاطعة ڤارملاند

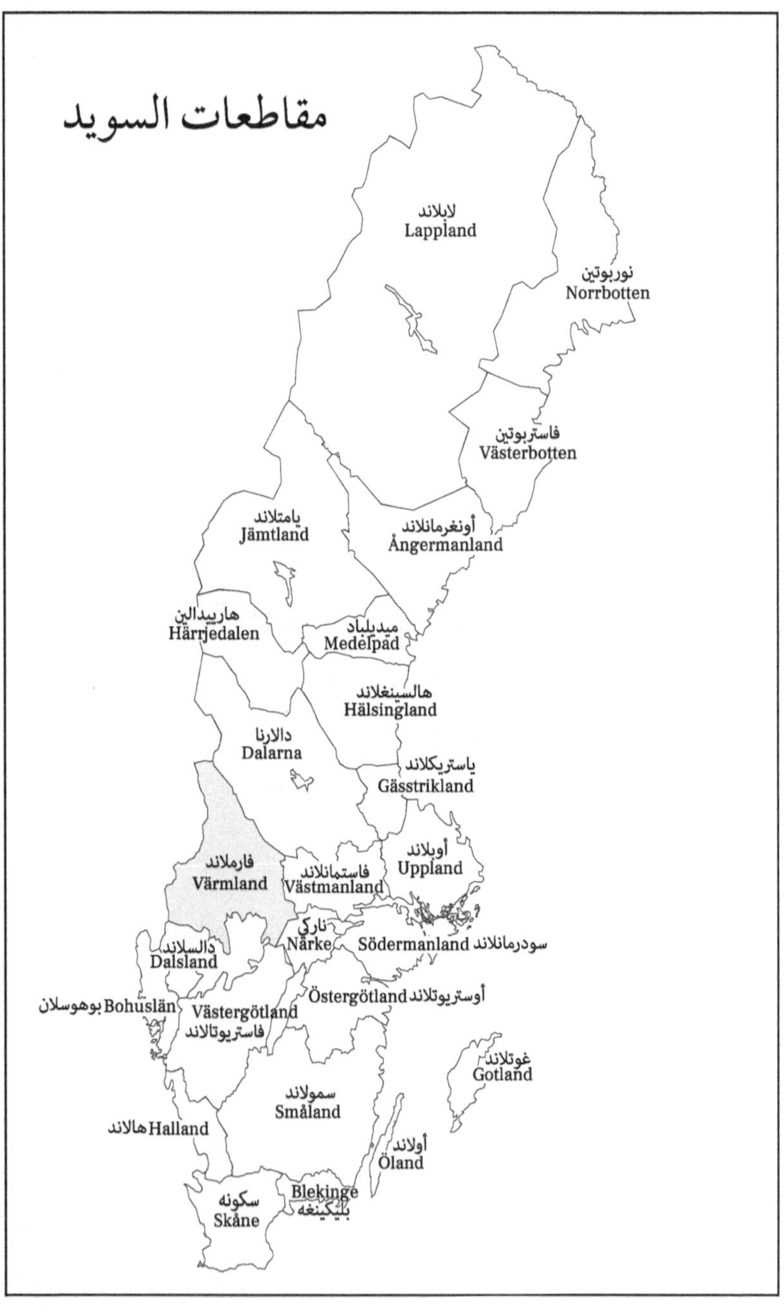

مقاطعات السويد
لابلاند
Lappland
نوربوتين
Norrbotten
فاستربوتين
Västerbotten
يامتلاند
Jämtland
أونغرمانلاند
Ångermanland
هاربيدالين
Härrjedalen
ميديلباد
Medelpad
هالسينغلاند
Hälsingland
دالارنا
Dalarna
ياستريكلاند
Gässtrikland
أوبلاند
Uppland
فارملاند
Värmland
فاستمانلاند
Västmanland
ناركي
Närke
سودرمانلاند
Södermanland
دالسلاند
Dalsland
أوستريوتلاند
Östergötland
بوهوسلان
Bohuslän
Västergötland
فاستريوتالاند
غوتلاند
Gotland
سمولاند
Småland
هالاند Halland
أولاند
Öland
Blekinge
بليكينغه
سكونه
Skåne

ذات مرّة في قديم الزمان كان هناك ملك وكان يحبّ زوجته الملكة حباً جمّاً. لكن الملكة توفيت بعد فترة من الزمن تاركة وراءها ابنتها الوحيدة. وعندما أصبح الملك أرملاً، تعلّق قلبه بابنته الأميرة الصغيرة، فكانت أحبَّ إليه من عينيه. كبرت ابنة الملك وأصبحت شابة جميلة لم ير أحدٌ أجمل منها على الإطلاق.

وعندما بلغت الأميرة خمسة عشر شتاءً من العمر، شبّت نيران حرب عظيمة، فاضطر والدها الملك إلى الذهاب إلى الحرب ومواجهة أعداء البلاد. ولما لم يكن لدى الملك من يعهد إليه بابنته ويأتمنه عليها في غيابه، بنى برجاً شاهقاً في الغابة، ووضع ابنته الشابة مع وصيفتها في ذلك البرج، ووفّر لهما مؤناً كافية. وأصدر الملك مرسوماً بعدم السماح لأي إنسان، مهما كان، بالاقتراب من البرج الذي حُصّنت فيه الفتاتان، ونصَّ مرسوم الملك على إنزال عقوبة الإعدام بكل من يخالف ذلك.

ظن الملك أنه أحسن صنعاً بما فعل لكي يحفظ شرف ابنته، ثم انطلق على رأس حملة عسكرية. وفي تلك الأثناء، أقامت الأميرة في البرج مع وصيفتها، وانشغلتا بحياكة الحرير. ولكن المدينة كانت تعجّ بالعديد

من الشبان المتسكعين من أبناء الملوك وأصدقائهم، الذين لعب الهوى بعقولهم فرغبوا في الاقتراب من ابنة الملك الجميلة ومحادثتها. فلما وجدوا أن هذا الأمر غير ممكن، أضمروا سخطاً عظيماً على الملك، وفكروا في الانتقام منه. ولتحقيق غايتهم، استشاروا امرأة عجوزاً داهية واسعة الاطلاع والحيلة، وتوسلوا إليها أن تدبر مكيدة تؤدي إلى أن تفقد ابنة الملك ووصيفتها شرفهما، على الرغم من أنهما محصّنتان ولا يمكن لأي رجل الوصول إليهما. فوعدتهم العجوز بالمساعدة ليحققوا غايتهم. ثم أخذت العجوز تفاحتين وسحرتهما، ثم وضعتهما في سلة، وذهبت إلى البرج المنعزل الذي أُسكنت فيه الفتاتان.

عندما أطلت ابنة الملك ووصيفتها من النافذة ورأتا المرأة العجوز جالسة أسفل البرج، شعرتا برغبة شديدة في تذوق تفاحها الجميل. فنادتا المرأة لتبتاعا شيئاً من فاكهتها الشهية. فأجابت الساحرة العجوز قائلة إنها لا تريد بيع التفاح. وعندما خاب أمل الفتاتين، قالت العجوز إنها ستعطي كلّ واحدة منهما تفاحة إذا أنزلتا سلّة إلى أسفل البرج. لم يساور الأميرة ووصيفتها شكّ بالأمر، بل فعلن كما قالت الساحرة، فحصلت كلّ واحدة منهن على تفاحة. لكن الفاكهة المسحورة كانت لها قوة غريبة جعلت الفتاتين تحملان في وقت واحد، وقبل نهاية العام أنجبت كل منها طفلاً جميلاً. سُمّي ابن ابنة الملك الفتى الفضيّ؛ وسُمّي ابن الوصيفة الفتى الجميل. ترعرع الطفلان وأصبحا أكبر وأقوى من أمثالهما من الأطفال، وكانا جميلي المظهر ويشبهان بعضهما بعضاً مثل حبتين من التوت، لدرجة أن كلّ من يراهما يظنّهما شقيقين.

مرّت سبع سنوات، وحان وقت عودة الملك من حملته العسكرية. ارتعبت الفتاتان حينئذ وخافتا أن يكتشف الملك عارهما. فتشاورتا حول كيفية إخفاء ولديهما. لكنهما لم تجدا حلاً لتلك المعضلة. ولما عجزتا عن العثور على أي وسيلة أخرى، ودّعت الفتاتان ابنيهما وهما حزينتان حزناً شديداً، ثم دلّتاهما ليلاً من البرج، لكي يجرّبا حظّهما في الدنيا. أعطت ابنة الملك ابنها، الفتى الفضيّ، وهي تودعه سكيناً ثمينة كذكرى من والدته. أمّا الوصيفة فلم يكن لديها ما تعطيه لابنها كذكرى منها.

وهكذا انطلق الأخوان الربيبان في رحلتهما في الدنيا. وبعد أن ارتحلا لبعض الوقت، وصلا إلى غابة مظلمة؛ ثم التقيا في الغابة برجل ضخم الجسم وغريب المظهر، يتقلّد سيفين، على كل جانب سيف، وتتبعه ستة كلاب كبيرة. قال الرجل بلطف: «طاب يومكما أيها الصبيان الصغيران، من أين أتيتما، وإلى أين أنتما ذاهبان؟». أجاب الولدان بأنهما جاءا من برجٍ عالٍ وأنهما يريدان تجربة حظهما في الدنيا. قال الرجل: «إن كان الأمر كما تقولان، فأنا أعرف أصلكما أكثر من أي شخص آخر. ولكي يكون لديكما شيء كتذكار من أبيكما، سأعطي كلّ واحد منكما سيفاً وثلاثة كلاب. لكنني أريد منكما أن تعداني بشيء واحد: لا ينفصل كلّ منكما عن كلابه أبداً، بل ينبغي أن تكون الكلاب برفقتكما أينما ذهبتما». عندئذٍ شكر الصبيان الرجل على هديته الثمينة، ووعداه بأن يفعلا كما قال. ثم ودّعاه ومضيا في سبيلهما.

وبعد أن سارا مسافة طويلة، وصلا أخيراً إلى مفترق طرق. فقال الفتى الفضيّ: «يبدو لي أن حالنا سيكون أفضل إذا افترقنا وجرّب كلّ

منا حظه منفرداً. لذلك دعنا نفترق». فقال الفتى الجميل: «إن مشورتك جيدة، ولكن كيف لي أن أعرف إن كان الحظ قد حالفك ونجحتَ في هذه الدنيا؟» قال الفتى الفضيّ: «نعم، سيكون ماء هذا النبع هو العلامة؛ فطالما بقي الماء صافياً، فأنا بخير وعلى قيد الحياة؛ أما إذا أصبح الماء أحمر اللون أو عكراً، فسأكون قد متُّ. وأنا واثق، بالطبع، من أنك ستنتقم لي وتأخذ بثأري». ثم رسم الفتى الفضيّ بسكينه علامة في ماء النبع، وودّع أخاه، ثم ذهب كلّ منهما في طريق. لم يمرّ وقت طويل حتى وصل الفتى الجميل إلى قصر ملكيّ، حيث عثر هناك على عمل في القصر. ولكنه واظب على الذهاب صباح كلّ يوم إلى النبع ليطمئن على أخيه.

واصل الفتى الفضيّ رحلته وحيداً فتسلق جبالاً شاهقة وهبط ودياناً سحيقة، حتى رأى أخيراً مدينة عظيمة. لكن بدا له أن ثمة مشكلة في تلك المدينة، لأن البيوت كلها مكسوّة بالسواد، والسكان يسيرون كلّهم بهدوء وقد بدا عليهم الحزن، كما لو أن كارثة عظيمة قد حلّت بهم. تقدّم الفتى الفضيّ وسأل عن السبب في كل هذا الحزن. فقال له بعض الناس: «من الواضح أنك غريب ومن بلد بعيد، لذا فإنك لا تعلم أن الملك والملكة وقعا في محنة في وسط البحر، وأُجبرا على أن يعطيا بناتهما الثلاث لأقزام البحر. وغداً سيأتي القزم ويأخذ الأميرة الأكبر سناً». سُرّ الفتى بسماع تلك الأنباء، وفكّر في الفرصة السانحة له الآن ليكسب ثروة وشهرة، إذا حالفه الحظّ.

في اليوم التالي، تقلّد الفتى الفضيّ سيفه، واصطحب كلابه، واتّجه وحيداً إلى شاطئ البحر. وفيما هو جالس عند الشاطئ، رأى ابنة الملك

وقد خرجت من المدينة ومعها فرد من حاشية القصر كمرافق لها، والذي زعم أنه سيستطيع إنقاذ حياتها. لكن الأميرة كانت حزينة جداً وتبكي بمرارة. تقدّم الفتى الفضيّ عندئذٍ، وحيّا الفتاة الجميلة بأدب جمّ ولباقة. لكن ابنة الملك ومرافقها ذُعرا حين رأيا الفتى الرشيق لأنهما ظنّاه قزم البحر وقد أتى ليأخذ الأميرة. وأمّا مرافق الأميرة فهرب خوفاً وتسلّق شجرة عالية نبتت عند شاطئ البحر. وحين رأى الفتى الفضيّ خوفهما، قال: «لا تخافي مني أيتها الشابة الجميلة، فلن أتسبب لك بأي أذى». فقالت ابنة الملك: «ألستَ أنت الذي أتى ليأخذني؟» أجاب الفتى الفضيّ: «لا، بل جئت لإنقاذك». فشعرت الأميرة بالسعادة لأن محارباً شجاعاً كهذا يريد القتال من أجلها، ودار بينهما حديث طويل ولطيف. وخلال تلك المحادثة، طلب الفتى الفضيّ من الفتاة أن تلبي له طلباً، وهو أن تفلي شعره من القمل. وافقت ابنة الملك على طلبه، فوضع الفتى الفضيّ رأسه في حضنها؛ وحين غفا، ربطت الأميرة خاتماً ذهبياً من خواتمها في خصلة من خصلات شعر الفتى من دون أن يلاحظ ذلك.

فجأة، اندفع قزم البحر خارجاً من الأعماق، وارتفع معه زبد البحر وموجه عالياً في الجوّ واندفع بعيداً نحو اليابسة. عندما رأى القزمُ الفتى الفضيّ، تملكه الغضب، وقال: «لماذا تجلس مع أميرتي؟». أجاب الشاب: «أعتقد أنها لي أكثر مما هي لك». قال قزم البحر: «سنحسم هذه المسألة بيننا نحن الاثنان؛ لكن لندع الآن كلابنا تتقاتل أولاً». لم يتأخر الفتى الفضيّ، بل أهاج كلابه ضدّ كلاب القزم، فنشبت بين الكلاب معركة ضارية. ثم انتهت المعركة بانتصار كلاب الفتى ومقتل كلاب قزم البحر. فاستلّ

الفتى الفضيّ سيفه على الفور واندفع نحو قزم البحر وضربه ضربة قوية أسقطت رأس الوحش على الرمل. فصرخ القزم صرخة رهيبة وألقى بنفسه في البحر فارتفع الماء عالياً في الجو. ثم أخذ الفتى الفضيّ سكينه الفضيّة، واقتلع بها العينان من رأس القزم وأخفاهما معه. ثم حيّا الأميرة الجميلة وانصرف مسرعاً.

بعد انتهاء المعركة وذهاب الفتى في حال سبيله، نزل مرافق الأميرة عن الشجرة وهدّد الأميرة بالقتل إن لم تخبر الجميع بأنه هو الذي أنقذها، وليس أي أحد آخر. لم تجرؤ ابنة الملك على رفض طلبه خوفاً على حياتها. ثم عادت إلى القصر مع المرافق، حيث استُقبلا باحتفال كبير وتكريم شديد. وعندما علم الناس أن الأميرة الكبرى قد أُنقذت من قزم البحر، عمّ الفرح والبهجة أنحاء البلاد كافة.

في اليوم الثاني حدث كل شيء بالطريقة نفسها. ذهب الفتى الفضيّ إلى الشاطئ والتقى الأميرة الوسطى التي كان من المقرر تسليمها إلى القزم. فلما رأته ابنة الملك ومرافقها خافا منه خوفاً شديداً، لأنهما ظنّاه قزم البحر الذي أتى ليأخذ الأميرة. تسلّق المرافق الشجرة كما فعل في المرة السابقة؛ أمّا الأميرة فلبّت طلب الفتى وفلت شعره من القمل، كما فعلت شقيقتها. وكذلك الأمر، ربطت خاتمها الذهبي بخصلة من خصلات شعر الفتى الفضيّ الطويل.

وبعد انقضاء بعض الوقت، سُمعت دمدمة ودويّ شديد آتٍ من أعماق البحر، ثم اندفع قزم بحري خارجاً من الماء. وكان لذلك القزم ثلاثة رؤوس ومعه ثلاثة كلاب. لكن كلاب الفتى الفضيّ سرعان ما

فتكت بكلاب قزم البحر، وطعن الفتى قزم البحر بسيفه حتى أرداه. ثم أخرج سكينه الفضيّة، واقتلع بها عيون القزم وانصرف في سبيله. أمّا المرافق فلم يتأخر بالنزول عن الشجرة، ليجبر الأميرة على أن تقسم بأن تقول بأنه هو الذي أنقذها، وليس أي أحد آخر. عادا بعد ذلك إلى القصر الملكي، حيث عومل المرافق باحترام وتكريم بالغ، واحتل منزلة المحارب الأعظم.

في اليوم الثالث، تقلّد الفتى الفضيّ سيفه، واصطحب كلابه الثلاثة، ثم اتّجه مرة أخرى إلى شاطئ البحر. وبينما كان جالساً عند شاطئ البحر، رأى ابنة الملك الصغرى قادمة من المدينة، وبرفقتها رجل الحاشية الشجاع الذي شاع بأنه هو الذي أنقذ أختيها؛ لكن الأميرة كانت شديدة الحزن، تذرف دموعاً غزيرة. تقدَّم الفتى الفضيّ عندئذٍ من الفتاة الجميلة وحيّاها بأدب واحترام. لكن ابنة الملك ومرافقها ذُعرا ذعراً شديداً حين رأيا الفتى الرشيق، لأنهما ظنّاه قزم البحر الذي جاء ليأخذ الأميرة. وأما المرافق ففرّ واختبأ في أعلى شجرة مرتفعة نبتت عند شاطئ البحر. فلما رأى الفتى الفضيّ خوفهما، قال: «لا تخافي مني أيتها الشابة الجميلة، فلن أتسبب لك بأي أذى». فقالت ابنة الملك: «ألستَ أنت الذي أتى ليأخذني؟» أجاب الفتى الفضيّ: «لا، بل جئت لإنقاذك». فشعرت الأميرة بالسعادة لأن محارباً شجاعاً كهذا يريد القتال من أجلها، ودار بينهما حديث طويل ولطيف. وخلال تلك المحادثة، طلب الفتى الفضيّ من الفتاة أن تلبي له طلباً، وهو أن تفلي شعره من القمل. وافقت ابنة الملك على طلبه، فوضع الفتى الفضيّ رأسه في حِجرها. وعندما رأت

الأميرة خاتمي أختيها المربوطين بشعر الفتى، اندهشت، وربطت خاتماً آخر بشعره من دون أن يلاحظها أحد.

فجأة، اندفع قزم البحر خارجاً من الأعماق، وارتفع معه زبد البحر وموجه عالياً في الجوّ واندفع بعيداً نحو اليابسة. وكان للوحش هذه المرة ستة رؤوس ومعه تسعة كلاب. فلما رأى القزم الفتى الفضيّ جالساً مع ابنة الملك، غضب وصرخ قائلاً: «ما شأنك بأميرتي». أجاب الشاب: «أعتقد أنها لي وليست لك». قال قزم البحر: «سنحسم هذه المسألة بيننا نحن الاثنان؛ لكن لندع الآن كلابنا تتقاتل أولاً». لم يتأخر الفتى الفضيّ، بل أهاج كلابه ضد كلاب القزم، فنشبت بين الكلاب معركة ضارية. ثم انتهت المعركة بانتصار كلاب الفتى ومقتل كلاب قزم البحر التسعة كلها. فاستلّ الفتى الفضيّ سيفه البرّاق على الفور واندفع نحو قزم البحر وبدأ بضربه حتى سقطت رؤوس القزم الستة كلها على الرمل. فصرخ الوحش صرخة رهيبة وقفز في البحر فارتفع الموج وتناثر الماء عالياً في الجوّ. أخرج الفتى عندئذٍ سكينه الفضيّة، واقتلع عيون القزم الاثنتي عشرة كلها. ثمّ ودّع الفتى ابنة الملك وانصرف مسرعاً.

عندما انتهت المعركة، وبعد مغادرة الفتى، نزل المرافق عن الشجرة، ثم سحب سيفه وهدد الأميرة بالقتل، إن لم تقل بأنه هو الذي أنقذها من القزم، تماماً كما أنقذ شقيقتيها من قبل. خافت ابنة الملك على حياتها فلم تجرؤ على رفض طلبه. ثم سارا عائدين معاً إلى قصر الملك. فلما رآهما الملك وقد عادا سالمين سادت الأفراح في أرجاء القصر كافة واستُقبلا باحتفال كبير وتكريم شديد. أمّا مرافق الأميرة فبدا كرجل آخر تماماً،

غير ذلك الجبان الذي اختبأ في أعلى الشجرة. أمر الملك بإقامة مأدبة عظيمة، تخللتها أجواء من المتعة واللعب والعزف والرقص، ووعد الملك بأن يزوّج المرافق من أصغر بناته وأحبهن إليه نظير شجاعته.

في وسط بهجة العرس، وبينما كان الملك جالساً إلى المائدة ومن حوله جميع أفراد حاشيته، فُتح الباب ودخل الفتى الفضيّ برفقة كلابه. تقدّم الفتى بكل جرأة وسار في قاعة الولائم حتى وقف بين يدي الملك وحيّاه. فلما عرفته بنات الملك الثلاث فرحن به فرحاً شديداً ونهضن عن المائدة وأحطن بالفتى الغريب. دُهش الملك عندئذٍ مما رأى، وسأل عمّا قد يعنيه ذلك. فروت الأميرة الصغرى كيف حدث كل شيء من البداية إلى النهاية، وقالت إن الفتى الفضيّ هو الذي أنقذهن، وإن المرافق لم يفعل شيئاً سوى الاختباء في أعلى الشجرة. وكبرهان على ذلك، بحثت كل واحدة من بنات الملك عن خاتمها الذهبي الذي ربطته في شعر الفتى الفضيّ. ومن شدّة المفاجأة، لم يدرِ الملك ما ينبغي قوله حول كل ما سمع ورأى؛ فقال الفتى الفضيّ: «سيّدي الملك، لكي لا تشكك في كلام بناتك. أنظر، ها هي عيون أقزام البحر الذين أرديتهم». أيقن الملك عندئذٍ وجميع حاشيته أن الأميرات قلن الحقيقة. ثم عُوقب المرافق المخادع بالعقوبة التي يستحقها، في حين كوفئ الفتى الفضيّ بتكريم عظيم، وفاز بابنة الملك الصغرى، ومعها نصف المملكة.

بعد انتهاء حفل الزفاف، انتقل الفتى الفضيّ مع عروسه الشابة إلى قصر ملكي كبير، وعاشا معاً في سعادة وسلام. ثم وفي إحدى الليالي، بينما كان الجميع نيام، سُمع قرعٌ شديد على النافذة، وسُمع صوت يصرخ: «أيها

71

الفتى الفضيّ، تعال أريد التحدث إليك». لم يشأ الملك، الفتى الفضيّ، أن يوقظ عروسه اليافعة، بل نهض مسرعاً، وتقلّد سيفه، واصطحب كلابه، ثم خرج. ولما أصبح خارجاً في العراء وجد أمامه قزماً ضخماً وقبيح المظهر. قال القزم: «أيها الفتى الفضيّ! قتلتَ إخوتي الثلاثة وجئتُ لأثأر لهم، أقترح أن تذهب معي إلى شاطئ البحر لنتقاتل هناك». سُرّ الفتى بذلك الاقتراح، ولحق بالقزم من دون اعتراض أو تردّد. فلما وصلا إلى شاطئ البحر، وجدا ثلاثة كلاب ضخمة كان القزم قد أحضرها معه. فبادر الفتى الفضيّ على الفور إلى تحريض كلابه ضدّ كلاب القزم، فنشبت بين الكلاب معركة دامية؛ ثم انتهت المعركة باستسلام كلاب القزم وابتعادها. فاستل الفتى الفضيّ، الذي أصبح ملكاً، سيفه وهاجم القزم بشجاعة وإقدام وضربه بالسيف ضربات كثيرة قاتلة جعلت القتال بينهما ضارياً. ولكن عندما رأى القزم أن المعركة تسير في غير صالحه، شعر بالرعب، وركض بسرعة إلى شجرة عالية وتسلقها؛ ثم لحق به الفتى الفضيّ وكلابه التي كانت تنبح بعنف وصخب. بدأ القزم يتضرّع راجياً الإبقاء على حياته، وقال: «عزيزي الفتى الفضيّ، سأدفع غرامة للتكفير عما فعله إخوتي. لكن أسكت كلابك أولاً حتى نتحدث». أمر الملك عندئذٍ كلابه بأن تصمت، لكنها لم تطع الأمر، بل نبحت بأصوات أعلى من ذي قبل. أخذ القزم حينئذٍ ثلاث شعرات من رأسه، وأعطاها إلى الفتى الفضيّ، وقال: «ضع شعرة واحدة على كل كلب، وسوف يتعلم الكلب كيف يصمت تماماً». ففعل الملك كما قيل له. توقفت الكلاب عن النباح على الفور ورقدت بلا حراك، كما لو أنها مثبتة بالأرض. لاحظ الفتى الفضيّ لحظتئذٍ أنه خُدع؛ لكن الأوان قد فات. فنزل القزم عن

الشجرة وسحب سيفه وابتدأ القتال من جديد؛ فلم يتبادلا الكثير من الضربات حتى جُرح الفتى الفضيّ وسقط على الأرض مضرجاً بدمه.

تعود أحداث الحكاية الآن إلى الفتى الجميل الذي ذهب في الصباح إلى النبع عند مفترق الطرق، فوجد النبع مملوءًا بالدماء. أدرك الفتى الجميل أن الفتى الفضيّ قد مات، وتذكّر وعده بالانتقام لأخيه الربيب. لذلك، استدرج كلابه، وتقلّد سيفه، ثم انطلق حتى وصل إلى مدينة عظيمة. لاحظ أن الفرح يعمّ المدينة والناس محتشدون في الشوارع، والمنازل مزينة بأقمشة قرمزية اللون وأقمشة أخرى بديعة الألوان. سأل الفتى الجميل عن السبب في كل ذلك الابتهاج. فقال الناس: «من الواضح أنك جئت من مكان بعيد ولا تعلم أن ها هنا فارس شجاع اسمه الفتى الفضيّ؛ وقد أنقذ أميراتنا الثلاث وأصبح صهر الملك». سأل الفتى الجميل مدققاً عمّا حدث بالتفصيل؛ ثم انطلق حتى وصل مساءً إلى القصر الملكي الذي أقام فيه الفتى الفضيّ مع عروسه الجميلة.

عندما دخل الفتى الجميل بوابة القصر، استقبله الجميع باعتباره الملك، وذلك للشبه الشديد بينه وبين أخيه الفتى الفضيّ بحيث لا يمكن لأحد أن يميّز بينهما. ولما دخل الفتى إلى الجناح الملكي الخاص، ظنت الملكة أيضاً أنه الفتى الفضيّ، فهرعت لاستقباله، وقالت: «يا سيدي الملك، لماذا لبثت كل هذا الوقت؟ لقد انتظرت عودتك بفارغ الصبر». لم يستجب الفتى الجميل كثيراً لحديث الملكة، بل فضّل الصمت وقلة الكلام. ثم آوى إلى الفراش مع الملكة، لكنه وضع سيفاً غير جارح بينه وبينها. لم تدر العروس الشابة ماذا تقول أمام ذلك التصرف، إذ لم تكن

لدى زوجها مثل هذه التصرفات الغريبة من قبل. لكنها رأت أن من غير المستحسن الاستفسار عن أسرار الآخرين، وبالتالي لم تقل شيئاً.

في الليل، بينما كان الجميع يغطّ في نوم عميق، سُمع قرع قوي على النافذة، وسُمع صوت يصرخ، «أيها الفتى الجميل! تعال، أريد أن أتحدث إليك». نهض الفتى على الفور، وتقلّد سيفه، واصطحب كلابه وخرج. وعندما أصبح خارجاً في العراء، وجد أمامه القزم نفسه الذي قتل الفتى الفضيّ. قال القزم: «اتبعني أيها الفتى الجميل لتلتقي بأخيك». كان الفتى على أهبة الاستعداد للذهاب مع القزم؛ سار القزم في المقدمة. فلما وصلا إلى شاطئ البحر، وجدا ثلاثة كلاب ضخمة كان القزم قد أحضرها معه. وعلى مسافة أبعد قليلاً من مكان المعركة، كان الفتى الفضيّ مطروحاً على الأرض وهو مضرج بدمه، وإلى جانبه كلابه ملقاة على الأرض. فهم الفتى الجميل عندئذٍ كيف حدث كل شيء، وأيقن أنه يريد المخاطرة بحياته من أجل الانتقام لأخيه. لذلك، لم يتوان، بل حرّض على الفور كلابه ضدّ كلاب القزم، فنشبت بين الكلاب معركة دامية؛ ثم انتهت المعركة بانتصار كلاب الفتى الجميل. ثم سحب الفتى سيفه وهاجم القزم بشجاعة وإقدام وضربه بالسيف ضربات كثيرة قاتلة. وحين رأى القزم أن المعركة تسير في غير صالحه، شعر بالرعب، وركض بسرعة إلى شجرة عالية وتسلقها؛ ثم لحق به الفتى الجميل وكلابه التي كانت تنبح بعنف وصخب. بدأ القزم يتضرّع راجياً الإبقاء على حياته، وقال: «عزيزي الفتى الجميل، سأدفع دِيّة أخيك. لكن أسكت كلابك أولاً حتى نتحدث». أخذ القزم ثلاث شعرات من رأسه وقال: «ضع

شعرة واحدة على كل كلب، وسوف يتعلم الكلب كيف يصمت تماماً».
لكن الفتى الجميل أدرك أن القزم ينوي الغدر به، لذلك أخذ شعرات
الرأس الثلاث، ووضعها فوق كلاب القزم، فسقطت فوراً على الأرض
وتمددت بلا حراك كأنها ميتة.

فلما رأى القزم أن حيلته لم تفلح، تملكه الخوف الشديد وقال: «يا
عزيزي الفتى الجميل! سأعطيك دية أخيك إن تركتني أمضي بسلام».
قال الفتى: «أي شيء يمكنك أن تعطيني مقابل حياة أخي؟» فأجابه
القزم: «سأعطيك زجاجتين. في إحداهما ماء إذا رششته على شخص
ميت، فسوف يفيق ويحيا على الفور؛ أما الزجاجة الأخرى ففيها ماء إذا
رششته على شخص ما، فإنه سيتجمّد على الفور. ولا أظن أن هناك أثمن
من هاتين الزجاجتين». قال الفتى الجميل: «أرى أن عرضك هذا جيد
جداً، وسأقبله؛ لكن يجب أن تعدني بشيء واحد، وهو أن تحرّر كلاب
أخي أيضاً». وافق القزم على ذلك الشرط، ثم نزل عن الشجرة ونفخ
على الكلاب، حتى نهضت من رقادها واستعادت حياتها. ثم أخذ الفتى
الجميل الزجاجتين، وسارا هو والعملاق مبتعدين عن شاطئ البحر.

وبعد أن سارا مسافة معاً، وصلا إلى منحدر صخري قائم إلى جانب
الطريق. أسرع الفتى الجميل عندئذٍ وسار متقدماً عن القزم، ثم رشّ
الصخر خفية بماء إحدى الزجاجتين. وعندما كان القزم على وشك
المرور بجانب المنحدر الصخري، حرّض الفتى الكلاب الستة جميعاً وفي
وقت واحد، فتراجع القزم ليهرب ولمس المنحدر الصخري. تجمّد القزم
عندئذٍ وأصبح كالحجر لا يتحرّك. وبعد حين من الوقت طلع شعر النهار

من جهة الشرق، وأشرقت الشمس على الصخر. وعندما رأى القزم الشمس، تصدّع ولقي مصرعه.

ركض الفتى الجميل إلى أخيه ورشّه بماء الزجاجة الثانية فعاد إلى الحياة، فكانت فرحة عظيمة، كما يمكن للمرء أن يتخيّل. ثم سار الأخوان متجهين إلى قصر الفتى الفضيّ؛ وفي الطريق، قصّ كل منهما على الآخر الأحداث والمغامرات التي خاضها. روى الفتى الجميل كيف علم بمحنة أخيه، وكيف أتى إلى قصر الملك، وكيف عومل هناك وكأنه الملك الشاب. وقال مازحاً إنه شارك الملكة فراشها، إذا اعتقدت أنه شريكها الحقيقي. لكن عندما سمع الفتى الفضيّ هذا الحديث، اعتبر أن الفتى الجميل قد أهان الملكة؛ ففقد عقله، حتى أنه سحب سيفه من شدّة الغضب، وطعن به أخاه. سقط الفتى الجميل على الأرض وفارق الحياة. وهكذا عاد الفتى الفضيّ وحده إلى القصر. لكن كلاب الفتى الجميل لم تترك سيّدها، بل ربضت حول جسده وهي تعوي وتلعق جراحه.

في المساء، عندما آوى الملك الشاب وزوجته إلى الفراش، سألته الملكة عن سبب كآبته وانقلاب مزاجه. لم يستجب الفتى الفضيّ كثيراً لحديثها. فقالت الملكة: «لقد تساءلتُ كثيراً عمّا حدث لك في الأيام الأخيرة؛ لكنني سأكون سعيدة جداً إذا عرفتُ سبب وضعك سيفاً بيننا الليلة الماضية». وفي تلك اللحظة ظهرت الحقيقة ناصعة أمام عيني الفتى الفضيّ، وعلم أن أخاه بريء وقد قُتل مظلوماً، فندم ندماً شديداً على مكافأته السيئة لأخيه الذي أنقذ حياته. نهض الملك عندئذٍ وذهب إلى الموضع الذي سقط فيه أخوه. ثم سكب عليه ماء الحياة من قارورته،

وغسل جراحه؛ فنهض الفتى الجميل على الفور وعاد حياً كما كان، ثم عاد الأخوان فرحين إلى القصر.

وعندما عادا إلى القصر، أخبر الفتى الفضيّ زوجته الملكة كيف أنقذ الفتى الجميل حياته، وحكى لها عن المغامرات الأخرى التي خاضاها معاً. عمّت البهجة والفرح حينئذٍ أنحاء قصر الملك كافة، وعومل الفتى الجميل باحترام شديد وتكريم بالغ من قبل الجميع. وبعد أن أقام الفتى الجميل هناك لبعض الوقت، تقدم لخطبة الأميرة الوسطى، وحصل على موافقتها وموافقة ذويها. ثم احتُفل بزفافهما في أجواء من البهجة والمراسم الفخمة. وتقاسم الفتى الفضيّ المملكة مناصفة مع أخيه. وعاش الأخوان معاً في سلام واتفاق، وإن لم يكونا قد ماتا، فهما ما يزالان على قيد الحياة ويتمتعان بالصحة والعافية حتى يومنا هذا.

6

الراعية الجميلة

حكاية من مقاطعة سمولاند

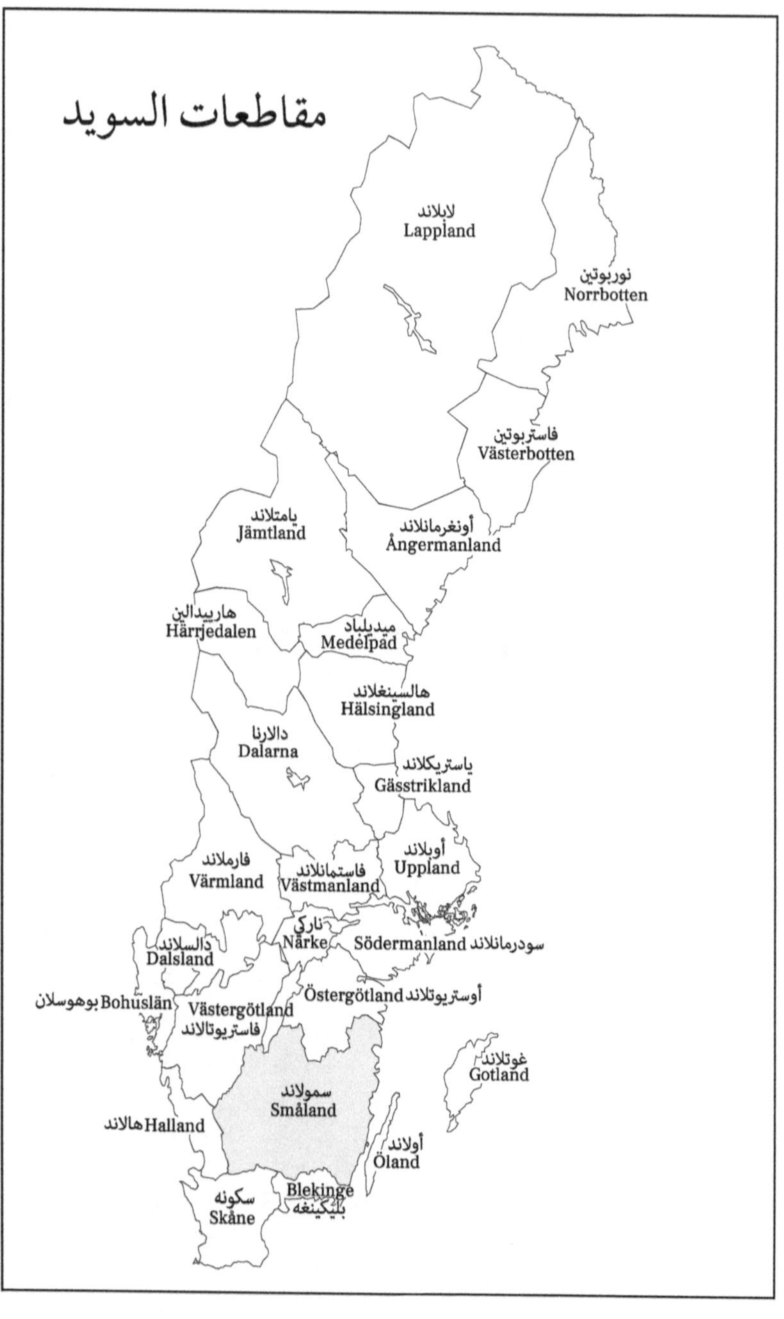

مقاطعات السويد
لابلاند
Lappland
نوربوتين
Norrbotten
فاستربوتين
Västerbotten
يامتلاند
Jämtland
أونغرمانلاند
Ångermanland
هارييدالين
Härrjedalen
ميدبلباد
Medelpad
هالسينغلاند
Hälsingland
دالارنا
Dalarna
ياستريكلاند
Gässtrikland
أوبلاند
Uppland
فارملاند
Värmland
فاستمانلاند
Västmanland
ناركي
Närke
سودرمانلاند
Södermanland
دالسلاند
Dalsland
بوهوسلان Bohuslän
Västergötland
فاستريوتالاند
أوستريوتلاند Östergötland
غوتلاند
Gotland
سمولاند
Småland
Halland هالاند
أولاند
Öland
Blekinge
بليكينغه
سكونه
Skåne

ذات مرّة في قديم الزمان كان هناك ملك وكانت لديه ابنة واحدة فقط من زوجة راحلة، وكانت الأميرة ابنة الملك لطيفة وطيبة، فأحبّها كلّ من رآها. كذلك الأمر، كان للملكة، زوجة الملك الثانية، ابنة واحدة فقط من زوجها الملك، لكنها كانت قبيحة الشكل وشريرة الطباع، فلم يحبها أحد أبداً. شعرت الملكة بسخط شديد من هذا الأمر ولم تضمر في قلبها أي خير لابنة زوجها الملك. وبعد وفاة الملك، أصبح سلوك الملكة شريراً جـداً تجاه ابنة زوجها، وبدأت تكلفها بالقيام بـالكثير من الأعمال الوضيعة. لكن الفتاة المسكينة لم تشْكُ ولم تعترض أبداً، بل تحمّلت وأطاعت.

وحدث في يوم من الأيام أن أرسلت الملكة ابنة زوجها إلى مخزن الغلال في العليّة لتحرس الحبوب. وبينما كانت الفتاة جالسة تراقب الحبوب، أتى رفٌّ من عصافير الدوري الصغيرة وحلّق فوق كومة الحبوب كما لو أن تلك العصافير ترغب في الحصول على بعض حبوب الذرة. شعرت الأميرة بالشفقة على العصافير الصغيرة، فتناولت القليل من الحبوب من الكومة وألقتها للعصافير، وهي تقول: «يا طيوري

الصغيرة المسكينة، أنت جائعة ولدي الكثير من الحبوب. خذي وكلي حتى تشبعي». وبعد أن أكلت العصافير حتى شبعت، طارت ثمّ حطّت على السقف، وبدأت تفكّر فيما بينها في كيفية مكافأة الأميرة الشابّة على طيبة قلبها. قال أحد العصافير: «سأجعل الورود الحمراء تنبت حيثما سارت في الأرض». وقال العصفور الثاني: «سأجعلها تبدو أجمل وأجمل مع كل يوم تعيشه». وأضاف الثالث: «وأنا سأمنحها بركة تجعلها كلما ابتسمت، خرج خاتم من الذهب الأحمر من فمها». ثم حلّقت العصافير وطارت بعيداً. وحدث بعد ذلك كلّ ما قالته العصافير. وابتداءً من ذلك اليوم، أصبحت ابنة الملك أكثر سحراً وجاذبية من ذي قبل، حتى أصبح من المستحيل العثور على ألطف وأجمل منها، حتى لو بحث المرء في سبع ممالك.

عندما علمت الملكة بذلك كله، اشتعلت نار الغيرة في قلبها وازدادت أكثر من ذي قبل، وبدأت تفكر في كيفية جعل ابنتها أكثر جمالاً، مثل أختها. ومن أجل تلك الغاية، أرسلت الملكة ابنتها الأميرة أيضاً لتحرس الحبوب في العليّة. صعدت الفتاة إلى العليّة، على الرغم من غضبها الشديد بسبب تكليفها بذلك العمل الوضيع. وبينما كانت جالسة تحرس الحبوب، عادت عصافير الدوري مرة أخرى وحلّقت فوق كومة الحبوب وحولها، وكأنها تطلب بعض حبوب الذرة. لكن حين لاحظت الأميرة الشريرة ذلك، تناولت المكنسة وطردت العصافير الصغيرة قائلة بغضب: «ماذا تفعلين هنا أيتها العصافير الشقية؟ لا أعتقد أن أميرة نبيلة مثلي ستلوّث يديها بتقديم الطعام لك». ابتعدت العصافير عندئذٍ

وحلّقت، ثمّ حطّت على السقف، وبدأت تفكّر فيما بينها في كيفية معاقبة الأميرة اللئيمة على كلماتها القاسية. قال أحد العصافير: «سأجعل الشوك والحسك ينبت وينمو حيثما خطت ومشت في الأرض». وقال العصفور الثاني: «سأجعلها أقبح وأشدّ شراً مع كل يوم تعيشه». وأضاف العصفور الثالث: «وأنا سأصيبها بلعنة تجعلها كلما ضحكت، خرجت من فمها نعال وضفادع». ثمّ حلّقت العصافير وطارت بعيداً. وحدث بعد ذلك كلّ ما قالته العصافير. وابتداءً من ذلك اليوم، أصبح مظهر ابنة الملكة أشدّ قبحاً، وأصبحت طباعها ألأم وأكثر شرّاً من ذي قبل.

لم تعد الملكة وابنتها الشريرة قادرتين على تحمل رؤية ابنة الملك الجميلة أمام أعينهما، لذا أرسلتاها لترعى الماشية في الغابة. اضطرت الأميرة المسكينة إلى التجوال في المراعي مثل غيرها من رعاة المواشي، وأيقنت أنها تعاني من اضطهاد عظيم وتتعرض لظلم شديد. أما الأميرة الشريرة فبقيت إلى جانب والدتها في القصر، يغمر قلبها اللئيم الفرح لأن أحداً لن يرى ابنة الملك اللطيفة، ولن يمتّع أحد ناظريه برؤية جمالها.

وفي يوم من الأيام، بينما كانت الراعية الجميلة جالسة في الغابة وهي تحيك قفازاً والماشية ترعى العشب، مرّت بجوارها مجموعة من الشبان. وعندما رأى هؤلاء الشبان الفتاة الجميلة وهي منهمكة في الحياكة بجد واجتهاد، أدهشهم جمالها. اقترب الشبان منها وحيّوها بأدب، ثم سألوها: «لماذا تجلسين هنا أيتها الجميلة وتجتهدين بالحياكة؟» أجابت ابنة الملك:

«ملهاة، ملهاة، ألهو بحياكة القفاز،
وأفكر في أن أصبح زوجة ابن ملك الدانمارك».

عندما سمع الشبان ما قالته، أصابتهم الدهشة وطلبوا من الفتاة مرافقتهم إلى قصر الملك. لم توافق الأميرة على ما قالوه، لكنها أعطتهم خواتم من الذهب الأحمر وطلبت منهم أن يتركوها وشأنها. وهكذا رحل الشبان وعادوا إلى منازلهم. لكنهم لم يتعبوا من الحديث عن الراعية الجميلة التي قابلوها في الغابة، فانتشر الخبر في أرجاء البلاط الملكي كافة حول جمالها وثرائها.

حين علم ابن الملك، الأمير الشاب، بالخبر، شعر برغبة شديدة في رؤية الفتاة الجميلة والتحقق مما نقله الشبان عنها. فذهب الأمير إلى الصيد ومعه صقوره وكلابه، ثمّ وصل إلى الغابة حيث كانت الأميرة جالسة تحيك القفازات. اقترب منها الأمير، وحيّاها بأدب، ثم سألها: «لماذا تجلسين هنا أيتها جميلة وتحيكين بهذا الجدّ والاهتمام؟» أجابت الأميرة:

«ملهاة، ملهاة، ألهو بحياكة القفاز،

وأفكر في أن أصبح زوجة ابن ملك الدانمارك».

عندما سمع الأمير، ابن ملك الدانمارك، ما قالته، شعر بالدهشة وسألها إن كانت ترغب في مرافقته إلى قصره. ابتسمت الأميرة عندئذٍ، فسقط في تلك اللحظة خاتم من الذهب الأحمر من فمها. وحين نهضت وسارت، نبتت الورود الحمراء خلفها وكأنها تتبعها. التفت ابن الملك إليها عندئذٍ، واعترف لها بحقيقة أمره، وسألها إذا كانت مستعدة لتصبح ملكته. وافقت الأميرة على طلبه وأخبرته أنها ليست أقل منه حسباً ونسباً. ثمّ ذهبا معاً إلى قصر الملك، وأصبحت الأميرة زوجة للأمير. شعر الجميع بالسرور والسعادة لوجودها، وكان الأمير أسعدهم، وقد

أحبها أكثر من أي شيء آخر في العالم.

حين انتشرت تلك الأخبار، ازدادت غيرة الملكة الشريرة أكثر من ذي قبل، ولم تعد تفكر في شيء سوى في كيفية إلحاق الأذى بابنة زوجها الجميلة وجعل ابنتها ملكة بدلاً منها. وحدث آنذاك أن اندلعت حرب كبيرة، فاضطر الأمير للذهاب إلى الحرب. وفي تلك الأثناء، كانت زوجته الأميرة حامل وعلى وشك أن تضع مولودها. فاستغلت زوجة أبيها الفرصة وذهبت إلى قصر ملك الدانمارك وأظهرت الودّ للجميع. لكن عندما مرضت الأميرة الشابة ولم يكن أحد معها، انتهزت زوجة أبيها، الملكة الشريرة، الفرصة، ووضعت ابنتها في مكان الأميرة الشابة، ثم سحرت الأميرة الجميلة وحوّلتها إلى بطة صغيرة تطفو وتسبح في النهر خارج القصر.

بعد مدة من الزمن، انتهت الحرب وعاد الأمير الشاب إلى القصر، وهو شديد الشوق لرؤية زوجته الجميلة مرة أخرى. وعندما دخل مخدعه، وجد أخت زوجته مستلقية على السرير. شعر الأمير بحزن شديد وسأل لماذا تغير شكل زوجته بهذه الطريقة. أجابت الملكة الشريرة على الفور: «هذا بسبب مرضها، وسوف يذهب عنها ذلك قريباً». ثم سأل الأمير مجدداً: «كانت الخواتم الذهبية تنهمر من فم أميرتي كلما ابتسمت؛ والآن تقفز من فمها النعال والضفادع. وكانت الورود الحمراء تنبت وتنمو حيثما سارت، والآن ها هو الشوك والحسك ينبت حيثما سارت!». فقالت الملكة الشريرة بمنتهى اللطف: «هكذا هي، ولن تتغير حتى يسحب الأمير الدم من بطة صغيرة تسبح في النهر ويأتي به».

سأل الأمير: «وكيف يمكنني الحصول على دم البطة؟» أجابت الملكة الشريرة: «نعم، يجب أن يؤتى به، الآن أو في أقرب وقت». فأمر الأمير بالقبض على البطة الصغيرة، ولكن البطة المسكينة استطاعت الهرب من جميع الفخاخ التي نُصبت لها.

وفي ليلة الخميس، وبينما كان الجميع نياماً، لاحظ الحراس كيف ارتفع شبح أبيض، يشبه الأميرة تماماً، من النهر ودخل المطبخ. كان للأميرة كلب صغير تحبه كثيراً سمّته نابي. وعندما دخلت مطبخ القصر، سألت الكلب:

- يا صغيري نابي! هل لديك أي طعام لتعطيني إياه الليلة؟

أجاب الكلب:

- لا، ليس لدي شيء يا سيّدتي.

فسألته الأميرة:

- هل تنام ابنة الساحرة مع أميري الصغير في الدور العلوي؟

قال الكلب:

- نعم، تفعل ذلك يا سيّدتي.

قالت الأميرة:

- سآتي إلى هنا ليلتي الخميس القادمتين، ثمّ لن أعود بعدها مرة أخرى أبداً.

ثم تنهّدت بقوّة ونزلت إلى النهر وتحولت إلى بطة صغيرة، كما كانت

من قبل.

وفي ليلة الخميس التالية، حدث كل شيء بالطريقة نفسها. فبعد أن آوى الجميع إلى أسرّتهم وخلدوا إلى النوم، لاحظ الحراس شبحاً أبيض، يشبه الأميرة تماماً، وقد ارتفع من النهر ودخل المطبخ. ونظراً إلى أن الجميع يحبّ الأميرة الشابة، فقد أصابهم العجب الشديد مما يحدث، فتسلّلوا خفية ليستمعوا إلى ما ستقوله وليروا ما ستفعله. وعندما دخلت الأميرة مطبخ القصر، سألت الكلب:

- يا صغيري نابي! هل لديك أي طعام لتعطيني إياه الليلة؟

أجاب الكلب:

- لا، ليس لدي شيء يا سيّدتي.

فسألته الأميرة:

- هل تنام ابنة الساحرة مع أميري الصغير في الدور العلوي؟

قال الكلب:

- نعم، تفعل ذلك يا سيّدتي.

قالت الأميرة:

- سآتي إلى هنا ليلة الخميس القادم، ثمّ لن أعود بعدها مرة أخرى أبداً.

بكت الأميرة بعد ذلك بمرارة، ثمّ عادت إلى النهر، وتحولت إلى بطة صغيرة تسبح وتلهو بالماء. فلما رأى الحراس وسمعوا ذلك كله، بدا لهم الأمر غريباً جداً، فذهبوا إلى سيّدهم سرّاً وقصّوا عليه ما رأوه وسمعوه.

ثم، وبعد تفكير عميق، طلب الأمير من الحراس أن يرسلوا من يُخبره عندما يظهر الشبح للمرة الثالثة.

وفي ليلة الخميس الثالث، بعد أن رقد الجميع، ارتفعت الأميرة مرة أخرى من الماء وذهبت إلى القصر. ولما دخلت مطبخ القصر كعادتها، تحدثت إلى كلبها وقالت:

- يا صغيري نابي! هل لديك أي طعام لتعطيني إياه الليلة؟

أجاب الكلب:

- لا، ليس لدي شيء يا سيّدتي.

فسألته الأميرة:

- هل تنام ابنة الساحرة مع أميري الصغير في الدور العلوي؟

قال الكلب:

- نعم، تفعل ذلك يا سيّدتي.

تنهدت الأميرة عندئذٍ بشدة، وقالت:

- والآن، لن آتي إلى هنا مرة أخرى أبداً.

ثم بكت بكاءً مرّاً، وخرجت لتعود إلى النهر. لكن الأمير كان واقفاً خلف الباب يستمع إلى حديثهما. وحين كان شبح الأميرة على وشك المغادرة، استلّ الأمير سكينه الفضيّة وجرح إصبعها الصغير الأيسر، فسالت منه ثلاث قطرات من الدم. انفكّ السحر عندئذٍ، وأفاقت الأميرة كأنها كانت في كابوس، وقالت: «آها! ياها! هل كنتَ واقفاً

هناك؟»، ثم ألقت ذراعيها حول عنق زوجها وضمّته بسعادة، فحملها إلى الدور العلوي، إلى غرفة نومها الأولى قبل الزواج.

قصّت الأميرة الشابة على زوجها كل ما حدث لها، فشعرا بالسعادة الشديدة باجتماعهما معاً من جديد. ثم دخل الأمير على الملكة الشريرة، زوجة والد الأميرة زوجته، حيث كانت جالسة بجانب سرير ابنتها، الأميرة الزائفة التي احتضنت الطفل وهي تتظاهر بالضعف الشديد بسبب مرضها. عندما دخل عليهما الأمير، حيّا الساحرة العجوز، وسألها: «إذا أراد شخص ما القضاء على أميرتي المريضة هذه وإلقائها في النهر، ما هي العقوبة التي يستحقها، في رأيك؟» لم يراود الملكة الشريرة أي شكّ في أن خيانتها قد انكشفت، فأجابت على الفور: «حسناً، يستحق أن يوضع في برميل من المسامير، ويُدحرج من أعلى الجبل إلى أسفله». استبدّ الغضب عندئذٍ بالأمير، فنهض وقال: «لقد أصدرتِ الآن الحكم على نفسك، وسيحدث لك كما قلتِ بنفسك». وهكذا، وُضعت الساحرة الشريرة في برميل مسامير، ودُحرجت من أعلى الجبل إلى أسفله، وحُكم أيضاً على ابنتها، الأميرة الزائفة، القيام بالرحلة نفسها. ثمّ استعاد الأمير أميرته الحقيقية وعاشا معاً في سلام وسعادة.

7

أرض الشباب الدائم

حكاية من مقاطعة سمولاند

مقاطعات السويد
لابلاند
Lappland
نوربوتين
Norrbotten
فاستربوتين
Västerbotten
يامتلاند
Jämtland
أونغرمانلاند
Ångermanland
هارييدالن
Härrjedalen
ميديلباد
Medelpad
هالسينغلاند
Hälsingland
دالارنا
Dalarna
ياستريكلاند
Gässtrikland
أوبلاند
Uppland
فارملاند
Värmland
فاستمانلاند
Västmanland
ناركي
Närke
سودرمانلاند
Södermanland
دالسلاند
Dalsland
بوهوسلان
Bohuslän
أوستريوتلاند
Östergötland
فاستريوتالاند
Västergötland
غوتلاند
Gotland
سمولاند
Småland
هالاند
Halland
أولاند
Öland
Blekinge
بليكينغه
سكونه
Skåne

ذات مرّة في قديم الزمان كان هناك ملك يحكم مملكة عظيمة. وكان الملك شجاعاً في خوض الحروب والمعارك، وحكيماً سديد الرأي، وقد حقّق نجاحاً جيداً في كلّ عمل أقدم عليه. ولكن بمرور الزمن، أصبح الملك عجوزاً وضعيف الجسم، وأدرك الملك أن نهايته اقتربت وأنه لن يعيش طويلاً، فملأ الحزن قلبه لأنه أحبّ الحياة. سأل الملك جميع الحكماء في مملكته عن طريقة للتغلب على الموت والخلاص منه. هزّ الحكماء رؤوسهم وقدموا ما لديهم من نصائح، ولكن لم يجب أحد منهم عن سؤال الملك.

وفي أحد الأيام، جاءت إلى قصر الملك عرّافة عجوز كانت قد جالت الممالك والبلدان وقطعت بحاراً وقفاراً، وعُرفت بحكمتها ورجاحة عقلها. سأل الملك المرأة العجوز إن كان لديها أي علم جديد. فقالت العجوز: «قيل لي يا سيدي الملك أنك خائف جداً من الموت لأنك تقدمت كثيراً في السنّ. وهذا هو سبب مجيئي إلى هنا؛ جئت لأعلّمك كيف تستعيد الشباب والصحة». سُرّ الملك كثيراً بما قالت، وسألها كيف يمكن أن يتم ذلك. أجابت العرّافة: «بعيداً، بعيداً جداً، على بعد

آلاف الأميال من هنا، ثمة أرض تسمى أرض الشباب الدائم. وفي تلك الأرض يوجد نوع من المياه العجيبة، وفيها ينمو نوع من التفاح الثمين. وكل من يشرب من ذلك الماء ويأكل من ذلك التفاح يعود شاباً من جديد، ثمّ لا يتقدم في السنّ ولا يصبح عجوزاً أبداً. لكن لم يذق ذلك الماء والتفاح كثير من الناس، لأن الطريق إلى تلك الأرض طويلة ومليئة بالمخاطر». عندما سمع الملك العجوز ذلك، شعر بسعادة كبيرة، وأعطى العرّافة مكافأة كبيرة مقابل نصيحتها الثمينة. ثم مضت العرّافة بعد ذلك إلى حال سبيلها.

بدأ الملك بالتفكير ملياً في كيفية الحصول على بعض من ذلك الماء العجيب والتفاح الثمين، وأخيراً قرر أن يرسل أحد أبنائه ليجلب له ما يريد. ولتحقيق تلك الغاية، زوّد ابنه الأمير الأكبر بالكثير من المال وبكل ما يحتاجه من زاد وغيره، ثم أرسله لإنجاز المهمة. ولكن، بعد أن قطع الأمير شوطاً طويلاً من الطريق، وصل إلى مدينة أسعدته الحياة فيها كثيراً، فنسي مهمته تماماً، وعاش فيها حياة متعة وبذخ، ولم يعد يفكر في واجبه بالسفر إلى تلك الأرض البعيدة ليجلب ماء الحياة لأبيه.

انقضت مدّة طويلة من الزمن، وتاق الملك بشدّة إلى عودة ابنه الذي أطال الغياب. لذلك أمر الملك العجوز بتجهيز ابنه الثاني وتزويده بالذهب والزاد، ثمّ أرسله أيضاً للبحث عن أرض الشباب المجيدة. فلما قطع الشاب شوطا طويلاً من الطريق، وصل إلى مدينة عظيمة والتقى بأخيه الأكبر. ثم حدث له كما سبق وأن حدث لأخيه الأمير الأكبر. نسي مهمته تماماً، وعاش حياة متعة مع النبيذ والنساء، ولم يعد يفكر في واجبه

بالسفر إلى تلك الأرض البعيدة ليجلب ماء الحياة لأبيه العجوز.

بعد انقضاء مدة من الزمن على غياب الأميرين، ساءت حال الملك العجوز وناله الضعف الشديد بسبب الحزن والشيخوخة. ووقف عندئذٍ الابن الأصغر بين يدي والده، وطلب منه الإذن في أن يذهب هو أيضاً للبحث عن أرض الشباب الموعودة. وبما أن الملك لم يبق له سوى ذلك الابن، فقد رفض طلب ابنه، وأمره بالبقاء معه. لكن ابن الملك أصرّ على رأيه ولم يتراجع، فكان له أخيراً ما أراد. أمر الملك عندئذٍ بتزويد ابنه الأصغر بكلّ ما يحتاجه من مال وزاد وعتاد. فانطلق الشاب في رحلته. ثمّ بقي الملك العجوز وحيداً وهجر شؤون مملكته، وعانى من قلق شديد خشية أن لا يعود أي من أبنائه إلى الديار مرة أخرى.

ارتحل الشاب بعيداً، ثمّ وصل أخيراً إلى مدينة عظيمة، حيث التقى بأخويه اللذين ناشداه أن يمكث معهما، وأن لا يقلق على العجوز المقيم في الديار. لكن الأمير الصغير رفض طلبهما ولم يتخلَّ عن وعده لأبيه. وهكذا ودّع أخويه وارتحل بعيداً وعبر ممالك كثيرة وعظيمة. وكان كلما التقى أحداً من الناس، سأله عن الطريق إلى أرض الشباب؛ لكنه لم يجد لدى أحد منهم جواباً أو معلومات عنها.

وفي أحد الأيام تاه الشاب داخل غابة كبيرة جداً. وبينما كان ينظر حوله باحثاً عن مأوى، رأى ضوءًا يومض من بعيد من بين الأشجار. قصد الأمير موضع الضوء، فوصل إلى كوخ صغير محفور نصفه في الأرض، تقطنه امرأة عجوز مسنّة جداً. سأل الأمير المرأة إن كان يستطيع قضاء الليل عندها، فوافقت العجوز على طلبه. وبينما كانا يتجاذبان أطراف

الحديث، سألته العجوز عن أصله وعن عمله. أجاب الأمير أنه ابن الملك، وأنه يرتحل بحثاً عن أرض الشباب، ثمّ سألها إن كانت تعلم شيئاً عن تلك الأرض. قالت العجوز: «عشت ثلاثمائة شتاء، ولم يخبرني أحد شيئاً عن الأرض التي ذكرتها. وأنا أسيطر على جميع حيوانات الأرض. وقد يعرف بعض رعاياي الطريق إلى تلك الأرض. غداً سوف أسأل عن ذلك». شكر الأمير العجوز كثيراً على ما وعدته به، وأمضى ليلته عندها.

مع بزوغ فجر اليوم التالي وشروق الشمس، خرجت العجوز ونفخت في بوقها. فسُمع صوت أنين قوي في الغابة، ثمّ أتت راكضة جميع الحيوانات ذوات الأربع، القريبة منها والبعيدة. وبعد أن اجتمعت الحيوانات وحيّت ملكتها، سألت العجوز الحيوانات إن كان أي منها يعرف الطريق إلى أرض الشباب. جرى عندئذٍ نقاش طويل بين الحيوانات حول الموضوع؛ لكن لم يجد أي منها جواباً عن سؤال الملكة. فالتفتت العجوز إلى الأمير، وقالت: «لا أستطيع إذاً مساعدتك أكثر من ذلك. لكن لدي أخت تحكم جميع الطيور التي تطير في الجوّ. اذهب إليها وبلّغها تحياتي، فربما كان لديها علم بذلك». ثمّ أمرت العجوز الذئب بأن يصحب الشاب إلى أختها، وكانت تلك نهاية حديثهما. ركب الأمير عندئذٍ ظهر الذئب الذي سار به عبر الغابات والسهول والجبال والوديان، والمسالك الوعرة.

وعندما حلّ المساء واختفت الشمس في الغابة، رأيا ضوءًا يومض من بين الأشجار. قال الذئب عندئذٍ: «ها قد وصلنا؛ هنا تقطن أخت ملكتي». عاد الذئب حينها إلى موطنه، ودخل الأمير الكوخ فوجد امرأة

عجوزاً طاعنة في السنّ تعيش في ذلك الكوخ. وبينما كانا يتحدثان، سألت العجوز الشاب عن نسبه وعن عمله. أجاب الأمير قائلاً إنه ابن الملك، وإنه يرتحل بحثاً عن أرض الشباب. وذكر لها الشاب أنه كان في ضيافة أختها التي تحكم جميع الحيوانات التي تمشي على الأرض. فقالت المرأة: «عشت ستمئة شتاء، ولم يخبرني أحد شيئاً عن الأرض التي ذكرتها. لكنني أحكم جميع الطيور التي تحلّق في الجوّ؛ قد يعرف أحد رعاياي الطريق إلى تلك الأرض. غداً سوف أسأل عن ذلك». وكانت تلك نهاية حديثهما شكر الأمير العجوز كثيراً على ما وعدته به،، وأمضى ليلته عندها.

حين طلع ضوء الصباح، خرجت العجوز ونفخت في بوقها. سُمع عندئذٍ صوت هسيس قوي ورعد في الجوّ، ثمّ أتت جميع طيور السماء، الكبير منها والصغير، والقريب منها والبعيد. وبعد أن اجتمعت الطيور وقدّمت فروض الطاعة لملكتها، سألت العجوز الطيور إن كان أي منها يعرف الطريق إلى أرض الشباب. جرى عندئذٍ نقاش طويل بين الطيور حول الموضوع؛ لكن لم يجد أي منها جواباً عن سؤال الملكة. فالتفتت العجوز إلى الأمير، وقالت: «لا أستطيع إذاً مساعدتك أكثر من ذلك. لكن لدي أخت تحكم جميع الأسماك التي تسبح في البحر. اذهب إليها وبلّغها تحياتي، فإن لم يكن لديها نصيحة تنفعك، فلن تجدها عند أحد غيرها». ثمّ أمرت العجوز النسر بأن يأخذ الشاب إلى أختها، وتلك كانت نهاية اللقاء بينهما. صعد الأمير الشاب عندئذٍ على ظهر النسر، فانطلق به مثل زوبعة، وحلّق فوق البحار الزرقاء والأراضي الخضراء.

وعند المساء، رأيا ضوءًا يتلألأ بين الأشجار. فقال النسر: «ها قد وصلنا؛ هنا تقطن أخت ملكتي». ثم ودّع صديقه الشاب، وطار عائداً إلى موطنه وملكته؛ أمّا الأمير فدخل الكوخ، وسأل إن كان يستطيع المبيت. وافقت العجوز على استضافته بكلّ سرور. وبينما كانا يتحدثان، سألت العجوز الشاب عن نسبه وعن عمله. أجاب الأمير قائلاً إنه ابن الملك، وإنه يرتحل بحثاً عن أرض الشباب. وأضاف قائلاً إنه كان في ضيافة أخته التي تحكم جميع الطيور التي تطير في الجوّ. قالت المرأة: «عشت تسعمائة شتاء، ولم يخبرني أحد شيئاً عن الأرض التي ذكرتها. لكنني أحكم جميع الأسماك التي تسبح في البحر. قد تعرف إحدى رعاياي الطريق إلى تلك الأرض. غداً سوف أسأل عن ذلك». شكرها الشاب كما ينبغي على ما وعدته به، وأمضى ليلته عندها.

في الصباح الباكر، وقبل طلوع ضوء النهار، خرجت العجوز ونفخت في بوقها. سُمع حينئذٍ صوت هدير قوي وصخب في البحر، ثمّ أزبد الماء واكتظّ بأعداد تعد ولا تحصى من الأسماك، كبيرة وصغيرة، قادمة من قريب وبعيد. ولما اجتمعت الأسماك جميعاً وقدّمت فروض الطاعة لملكتها، تكلمت العجوز قائلة: «دعوتكن أيتها الأسماك لكي أعرف إن كانت إحداكن تعرف الطريق إلى أرض تدعى أرض الشباب». عقدت الأسماك اجتماعاً تشاورياً طويلاً؛ لكنها لم تتوصل في النهاية إلى إجابة عن سؤال الملكة. فغضبت المرأة وقالت: «ألم أطلب أن يأتي الجميع؟ ما لي لا أرى الحوت العجوز، وهو ليس صغير الحجم لكي يختفي بينكن!». في تلك اللحظة عينها سُمع صوت هدير عظيم في البحر، ثمّ جاء الحوت

العجوز مسرعاً. سألته العجوز لماذا لم يأت مع غيره من الأسماك؛ فاعتذر الحوت لأنه للتوّ أتى من مكان بعيد جداً. «أين كنت؟»، سألته العجوز. أجاب الحوت: «نعم، لقد أبحرت عدة آلاف من الأميال. لقد جئت من بلد جميل يسمى أرض الشباب».

عندما سمعت العجوز ذلك، سُرَّت بما سمعت، وقالت: «عقاباً لك على عصيانك أمري، ستعود إلى أرض الشباب وستأخذ معك هذا الشاب في رحلتك». ثم ودّعت العجوز الأمير وتمنت له التوفيق في رحلته، وافترقا. جلس الشاب عندئذٍ على ظهر الحوت، ثمّ انطلقا كالسهم في الماء.

استمرّت رحلتهما طوال اليوم، ثمّ وصلا في وقت متأخر من الليل إلى أرض الشباب المجيدة. قال الحوت: «سأعطيك بعض النصائح المفيدة، والتي يجب عليك التقيّد بها تماماً، إذا كنت تريد النجاح في مسعاك؛ داخل تلك القلعة المسحورة يغطّ كلّ شيء في النوم عندما تعلن الساعة منتصف الليل تماماً. اصعد إلى القلعة، وخذ تفاحة وزجاجة ماء؛ لكن لا تتأخر أبداً، بل عد بسرعة. إذا تأخرت إلى ما بعد منتصف الليل بكثير، فستكون حياتك وحياتي في خطر». عندما سمع الأمير ذلك، شكر الحوت على نصيحته الثمينة، ووعد بأن يفعل كما قال الحوت تماماً.

وعند منتصف الليل صعد الأمير إلى القلعة المسحورة، ووجد كل شيء كما وصفه الحوت الحكيم. وجد عند بوابة القلعة الوحوش المفترسة والدببة والذئاب والتنانين، ولكنها راقدة وتغطّ في سبات عميق، وبدا له وكأن القلعة بأكملها مهجورة. مرّ الأمير عبر العديد من الغرف الكبيرة،

كلّ واحدة منها أشدّ فخامة من الأخرى، ولم يستطع إلا أن يتعجب من الثراء والفخامة في كل مكان وقع عليه نظره. وأخيراً وصل إلى صالة كبيرة، مزينة بزينة رائعة، سقفها وجدرانها مغطاة بالذهب والفضة؛ وفي منتصف الصالة نبتت ونمت شجرة تحمل أثمن أنواع التفاح، وإلى جانب الشجرة ثمة نبع يتلألأ ماؤه مثل الذهب الصافي، وله صوت عجيب حين يتدفق فوق الرخام. أدرك الأمير عندئذٍ أنه وجد أخيراً ما كان يبحث عنه منذ فترة طويلة. لذلك تقدّم بسرعة وملأ حقيبته بثمار التفاح الفاخر، ثمّ ملأ قارورته بماء الحياة من النبع النفيس.

كان على الشاب ان يسرع بالعودة؛ لكنه لم يستطع التغلّب على رغبته في التجول في القلعة المسحورة لبعض الوقت. لذلك ظلّ يخرج من غرفة ويدخل ويدخل أخرى، ويخرج من قاعة ويدخل أخرى، وما فتئ يعتقد أن كلّ واحدة منها تفوق الأخرى روعة وفخامة. وأخيراً، وصل إلى غرفة فاقت بفخامتها وجمالها جميع الغرف الأخرى، وقد زُيّنت بالذهب والفضة والأحجار الكريمة؛ وفي منتصف الغرفة الرائعة انتصب سرير عليه مفارش ووسائد من الحرير الأزرق، رقدت عليه فتاة فائقة الجمال، لم تر عين أجمل منها قط. تحرّك قلب الشاب، فنسي تحذيرات الحوت الحكيم، ونام في حضن ابنة الملك الجميلة.

بعد أن أمضى الشاب بعض الوقت في سرير الفتاة الجميلة، وكان على وشك المغادرة، بدا له أن من واجبه أن يخبر الشابة عمّن استمتع بالنوم في سريرها. ولتحقيق غايته تلك، كتب على الجدار أن الأمير فينيوس من إنجلترا كان هنا، ثم أسرع بالخروج من القلعة. وكان وقت الخروج

الأخير قد أزف بالفعل؛ إذ لم يكد يمرّ عبر بوابة القلعة، حتى استيقظ الجميع من سباتهم؛ زأرت الحيوانات، وقعقعت الأسلحة، وامتلأت القلعة بأكملها بالحياة والحركة. أمّا الأمير فسرعان ما جلس على ظهر الحوت الذي انطلق به كالريح الهوجاء بين الأمواج.

أبحرا مدّة من الوقت، ثمّ دخلا بحراً كالمتاهة. فغاص الحوت فجأة تحت الماء، وغاص الأمير معه. وعندما صعدا إلى الأعلى مرة أخرى، كان الخوف الشديد قد استولى على الشاب، وظنّ أن لحظته الأخيرة قد اقتربت. سأله الحوت: «هل خفت؟» قال الأمير، «نعم». فردّ الحوت: «وأنا خفت عندما التقطتَ الكثير من التفاح».

ثمّ أبحرا مدّة أخرى أطول قليلاً، فغاص الحوت مرة أخرى في أعماق البحر. ولكنه مكث هذه المرة وقتاً أطول تحت الماء، وعندما صعدا مرة أخرى، كان الأمير نصف ميّت تقريباً من الرعب. سأله الحوت: «هل أنت خائف؟» قال الشاب: «نعم، أنا كذلك». أجاب الحوت: «وأنا خفت خوفاً شديداً حين نمتَ في حضن الأميرة الشابة».

انطلقا في رحلتهما لبعض الوقت، فغاص الحوت للمرة الثالثة في البحر؛ ولكنه انحدر هذه المرة عميقاً جداً، لدرجة أن الأمير اعتقد أنه لن يرى ضوء النهار مرة أخرى. وعندما صعدا إلى الأعلى، سأله الحوت مرة أخرى: «هل خفتَ؟» قال الشاب: «نعم، هو كذلك». قال الحوت: «وأنا خفت كثيراً حين كتبت اسمك على جدار القاعة». ثم واصلا رحلتهما من دون المزيد من المغامرات، حتى وصلا إلى الشاطئ الآخر. وهنالك ودّع الأمير الحوت العجوز، وذهب إلى كوخ العجوز

التي عاشت تسعمائة شتاء. وحين رأته العجوز، شعرت بالسعادة لأنه عاد سالماً وغانماً من مغامرته. قال لها الشاب إنه يريد أن يردّ لها جميل مساعدتها له، ثم أعطاها تفاحة من أرض الشباب وشربة من ماء الحياة الثمين. أكلت العجوز وشربت وطاب لها مذاق ما أكلته وشربته. ثم حدثت عندئذٍ معجزة عظيمة، إذ تغيّرت ملامح العجوز، فاختفت التجاعيد من وجهها، وامتلأ فمها بأسنان جديدة، ونهض صدرها، واعتدل ظهرها ووقفت كفتاة في ريعان الشباب، كما كانت في شبابها. عجزت ملكة السمك عن الثناء بما يكفي على التغيير العجيب الذي أصابها، ثم شكرت الأمير بشدة على عظيم ما فعله لها. قالت المرأة: «سأكافئك الآن على هديتك الثمينة. هذا لجام. عندما تهزه، ستظهر لك فرس، وهي سريعة كالريح، وسوف تنقلك إلى حيث تريد». ثم ودّعا بعضهما وافترقا.

لم يلبث الشاب حتى هزّ اللجام، كما علّمته ملكة السمك، فظهرت أمامه على الفور فرس جميلة حملته إلى العجوز التي عاشت ستمائة شتاء. وحين رأته العجوز، شعرت بالسعادة لأنه عاد سالماً وغانماً من مغامرته. قال لها الشاب إنه يريد أن يردّ لها جميل مساعدتها له، ثم أعطاها تفاحة من أرض الشباب وشربة من ماء الحياة الثمين. أكلت العجوز وشربت وطاب لها مذاق ما أكلته وشربته. ثم حدثت عندئذٍ المعجزة العظيمة مرة أخرى، إذ تغيّرت ملامح العجوز، فاختفت التجاعيد من وجهها، وابتسمت فظهرت أسنانها الجميلة، ونهض صدرها، واعتدل ظهرها ووقفت كفتاة في ريعان الشباب، كما كانت في شبابها. عجزت

ملكة الطيور عن إبداء امتنانها الكافي للتغيير العجيب الذي أصابها، ثم شكرت الأمير بشدة على عظيم ما فعله لها. وقبل أن يغادر الأمير، قالت المرأة: «سأكافئك الآن على هديتك الثمينة. هذه ملاءة مائدة قماشية. كلما مددتها، سوف تزدحم بأطباق الطعام الملكي». ثم ودّعا بعضها وافترقا وقد ارتبطا بصداقة عميقة.

أخذ الشاب الملاءة الثمينة، وامتطى فرسه، ثمّ انطلق مرتحلاً حتى وصل إلى كوخ العجوز التي عاشت ثلاثمائة شتاء. وحين رأته العجوز، شعرت بالسعادة لأنه عاد سالماً وغانماً من مغامرته. قال لها الشاب إنه يريد أن يردّ لها جميل مساعدتها له، ثم أعطاها تفاحة من أرض الشباب وشربة من ماء الحياة الثمين. أكلت العجوز وشربت وطاب لها مذاق ما أكلته وشربته. فحدثت عندئذٍ معجزة عظيمة، حين ارتدّ إليها شبابها، وتغيّرت ملامحها، فاختفت التجاعيد من وجهها، ونهض صدرها، واعتدل ظهرها ووقفت كفتاة في ريعان الشباب، كما كانت في شبابها. لم تستطع ملكة الحيوانات إبداء إعجابها الكافي بالتغيير العجيب الذي أصابها، فشكرت الأمير بشدة على عظيم ما فعله لها. وقبل أن يغادر الأمير الشاب، أخرجت المرأة سيفاً وأعطته للشاب، وقالت: «سأكافئك الآن على هديتك الثمينة. كلّ من تهدّده بهذا السيف سوف يتراجع ويفرّ، حتى إن كان من أشرس الوحوش». ثم ودّعا بعضها وافترقا وقد ارتبطا بصداقة حميمة.

ظنّ الأمير الشاب أنه حقق نجاحاً جيداً في مهمته، وواصل رحلته في طريق العودة حتى التقى بشقيقيه. فرح الأشقاء الثلاثة بلقائهم من

جديد. ولكن حين علم الأميران الأكبر سناً أن شقيقهما الأصغر قد نجح في مهمته، امتلأ قلباهما بالحسد الشديد، وتشاورا حول طريقة للغدر به والفوز بالجائزة والثناء من والدهم. لذلك أغدقا على أخيهما الأصغر الكثير من معسول الكلام، وأقاما له وليمة عامرة. وحين هبط الليل، وغطّ الشاب في النوم، انتهز الشقيقان الفرصة، واستبدلا التفاح الذي جلبه شقيقهما بتفاح عادي وماء الحياة بماء عادي، في غفلة من الأمير الصغير، ومن دون توقع منه أن يرتكبا مثل هذا العمل الباطل.

وفي الصباح ودّع الشاب شقيقيه، وامتطى فرسه ثم انطلق إلى قصر والده. سُرّ الملك العجوز كثيراً بعودة ابنه الأصغر، وفرح الأمير حين وجد أن والده ما يزال على قيد الحياة، ثمّ أخرج هداياه وطلب من الملك أن يأكل من التفاح ويشرب من الماء ليعود شاباً. لكن لم يحدث ما توقعه، إذ لم يطرأ أي تغيير على الملك العجوز، بل ظلّ عجوزاً ضعيفاً كما هو. لم يفكر الملك عندئذٍ في شيء آخر سوى أن ابنه يريد أن يخدعه ويستهزئ به، فتملكه غضب شديد. أمّا الأمير فأيقن لحظتها أنه خُدع، فآلمه ذلك أشدّ الألم.

وبعد مدّة من الوقت، عاد الشقيقان الأكبر سناً إلى القصر. وكان لديهما الكثير من الحكايات حول رحلتهما، ولم يترددا في الحديث عن الأخطار الكثيرة التي واجهتهما وهما في الطريق إلى أرض الشباب. ثمّ مثُل الأميران بين يدي أبيهما وقدما له التفاح وماء الحياة ليستعيد شبابه. فأكل الملك وشرب وسُرّ بذلك. ثمّ حدثت معجزة عجيبة، إذ تغيّرت هيئة العجوز فأصبح شعره الرمادي أشقر لامعاً، وامتلأ فمه بالأسنان

واختفت تجاعيد وجهه، ووقف شامخاً كشاب فتيّ ووسيم. عمّ الفرح والسرور عندئذٍ أرجاء المملكة كافة، وأثنى الملك على إخلاص ورجولة ولديه الأكبر. فحلَّ غضب الجميع على الأمير الصغير لأنه كذب وخان. ثمّ حُكم عليه بأن يلقى في مربض الأسود، ثمّ نُفّذ الحكم على الفور ومن دون رحمة. ولكن حين أرادت الوحوش المفترسة تمزيق الأمير الشاب وتقطيعه إلى أشلاء، شهر عليها سيفه، فاستكانت ولم تؤذه. وعندما جاع الأمير، بسط مفرش المائدة الذي جلبه معه، فاكتظّ بأطباق الطعام الشهيّ. وقد ظلَّ الأمير سجيناً في مربض الأسود سبع سنوات، ولم يعلم أحد أنه ما يزال على قيد الحياة.

تعود أحداث الحكاية الآن إلى أرض الشباب. فبعد أن انصرف الأمير عائداً من حيث أتى، حدث اضطراب شديد في القصر؛ وذلك لأن ماء الحياة نضب، والتفاح اختفى، أما الأسوأ من ذلك كلّه، فهو أن الأميرة الشابة فقدت شرفها. وعندما انقضت الأشهر، حان الوقت لتضع الأميرة مولودها، فأنجبت طفلاً جميلاً. لكن ابنها، الأمير الصغير، وُلد وفي يده اليسرى كتلة غريبة، مثل التفاحة التي لا يمكن التخلّص منها. استدعت الأميرة جميع النساء الحكيمات من أنحاء أرض الشباب كافة، وطلبت منهن النصيحة حول كيفية تحرير ابنها من تلك العاهة. تداولت النساء فيما بينهن وقتاً طويلاً، وتحدثن كثيراً وأعدن الحديث. وفي النهاية توصلن إلى نتيجة مفادها أن الأمير الصغير لن يتخلص مّما يعاني حتى يلتقي بوالده الحقيقي.

استمر الحال على ذلك النحو لفترة من الزمن، حتى كبر الصغير وأظهر ذكاءً وبصيرة أكثر من غيره من الأطفال. ولم تصادفه مسألة غامضة أو غريبة إلا أدركها وفهمها. وفي سنّ السابعة استطاع تهجئة اسم والده المكتوب على جدار القاعة. ثم شعرت الأميرة والدته برغبة شديدة في الرحيل للبحث عن الأمير فينيوس. ولتحقيق رغبتها، أنزلت سفنها إلى الماء وجهّزتها بالكثير من أفضل البضائع والمعدات باهظة الثمن، وجنّدت لها جيشاً من خيرة المقاتلين. ثم صعدت الأميرة مع ابنها الصغير إلى سفينتها، وأبحرت بمجاذيف مذهبة، وأبحر خلفها أسطولها إلى إنجلترا.

ولما اقترب أسطول السفن الجبار من المدينة، شعر سكان المدينة بالضيق والتوتّر الشديد، حيث اعتقد الجميع أن الأسطول جيش معاد يريد مهاجمتهم. لكن الأميرة رست بسفينتها عند الرصيف وأرسلت رسالة إلى الملك تفيد بأنها تريد مقابلة الأمير فينيوس. احتار الملك في أمره، لأنه تذكر أن الأمير فينيوس سبق وأن ألقي إلى الوحوش المفترسة، لكن الملك لم يشأ الإعلان عن ذلك. استشار الملك حاشيته عمّا ينبغي فعله؛ ولكن لم يجد أي منهم حلاً لذلك الموقف الخطير. ثمّ بدا للملك أن يرسل ابنه الأكبر، لأنه لا يستطيع بالتأكيد إرسال ابنه الأصغر، وهكذا قيل للأميرة إن الأمير فينيوس سيأتي في اليوم التالي.

وفي وقت مبكر من صباح اليوم التالي، أمرت الأميرة بأن تُمَدّ بُسط مذهبة على الطريق، ثمّ جلست مع ابنها الصغير على مقدَّم السفينة لاستقبال الأمير. وبعد مرور بعض الوقت، خرج الأمير، ابن الملك

الأكبر، من المدينة وأتى ممتطياً جواده واتجه نحو السفن. وعندما رأى البُسط الثمينة مفروشة على الطريق، لم يستطع إخفاء إعجابه الشديد بذلك البذخ، ثم سار بجواده بمحاذاة البُسط الثمينة لكي لا يفسدها. ثم نزل إلى مقدّم السفينة، حيث كانت الأميرة جالسة في مقعد مرتفع، محاطة بحاشيتها جميعاً. فلما رأى الصبي الصغير وهو يتقدم ببطء، صرخ بانفعال: «هذا ليس أبي». ثمّ لوحظ أن التفاحة بقيت كما هي في يد الصبي. توجب عندئذٍ على الأمير يعود من حيث أتى، خائباً وذليلاً؛ أمّا الأميرة فأعلنت أنها لن تنصرف حتى تجد الأمير فينيوس الحقيقي.

في اليوم الثاني أرسل الملك ابنه الثاني، ولكن الأمر سار بالطريقة نفسها. خشي الأمير من السير بجواده فوق البُسط المذهّبة الثمينة، وعندما وقف على مقدّم السفينة، حيث كانت الأميرة جالسة في مقعد مرتفع، صرخ الصبي الواقف إلى جانبها: «لا يمكن أن يكون هذا والدي!». ثمّ لوحظ أن التفاحة بقيت كما هي في يد الصبي. اضطر الأمير عندئذٍ للعودة من حيث أتى، وقد بدا للجميع ما عاناه من العار والأذى. أدركت الأميرة حينها أنها عُوملت بطريقة مخادعة وكاذبة، وأظهرت غضبها الشديد، ثمّ نزلت إلى الشاطئ محاطة بكامل جيشها. أرسلت الأميرة أيضاً رسالة إلى الملك جاء فيها أنها تريد رؤية الأمير فينيوس الحقيقي، حتى إن لم يتبق منه سوى ساق واحدة، وإلا فإنها لن تترك حجراً فوق حجر في المدينة بأكملها.

ساد الذعر الشديد بين عامة الناس، ولم يجد الملك نصيحة تنقذه من الخطر الشديد الذي يواجهه. وفي النهاية، لم يجد حلاً أفضل من إرسال

أحد رجاله إلى مربض الأسود للبحث عن شيء من بقايا ابنه الأصغر. فلما أتى الرسول إلى عرين الأسود للبحث عن عظام الأمير فينيوس، فوجئ به حياً وهو جالس يلاعب الوحوش المفترسة. عمّ الفرح في المدينة وفي الأرياف، وتوسّل الجميع إلى الشاب ليخرج من سجنه ويذهب إلى الأميرة. لكن الأمير كان غاضباً جداً، ولم يرض بالخروج حتى يأتي والده ويركع أمامه، ويعده بإصلاح الخطأ الذي ارتُكب بحقّه سابقاً.

وفي اليوم الثالث، لما طلعت الشمس، بسطت الأميرة البُسط الثمينة المذهّبة على الطريق وجلست على كرسيها المرتفع وإلى جانبها الصبي الصغير، وقد أحاط بها جميع رجالها. أمّا الأمير فينيوس فقد ارتدى ثياباً من الحرير والخزّ، وتقلّد سيفه، وهزّ اللجام، ثمّ امتطى فرسه التي تسابق الريح وانطلق نحو السفن. وقد بدا للجميع من رآه أنه يكاد يطير في الهواء، إذ لم يسبق لأحد أن رأى فارساً مقداماً مثله وفرساً سريعة كفرسه. وعندما رأى الصبي الأمير فينيوس مقبلاً كالسهم على الطريق المفروش بالبُسط المذهّبة، صرخ بفرح: «هذا هو أبي، هذا هو والدي!». نهضت عندئذٍ الأميرة عن كرسيّها وتقدمت نحو الأمير واستقبلته بفرح ومحبة عظيمين. ووقف الناس جميعاً ليشاهدوا روعة اللقاء، وأيقن المشاهدون جميعاً أن من الصعب جداً العثور على رجل وامرأة أجمل منهما، حتى إذا بحث المرء في أرجاء العالم كافة.

دخل الأمير وعروسه المدينة وأقام لهما الملك حفل زفاف عظيم ليراه ويسمع به القاصي والداني. وحين اختتم حفل الزفاف، ارتحل الأمير فينيوس وعروسه الأميرة إلى أرض الشباب، حيث ما يزالان يعيشان

هناك حتى يومنا هذا. وأما الأميران المحتالان فقد ألقيا في عرين الأسود،
ولم يسمع أحد أي خبر عن خروجهما من هناك.

8

ابن الملك والأميرة سينغورا

حكاية من مقاطعة سْكوِنِه

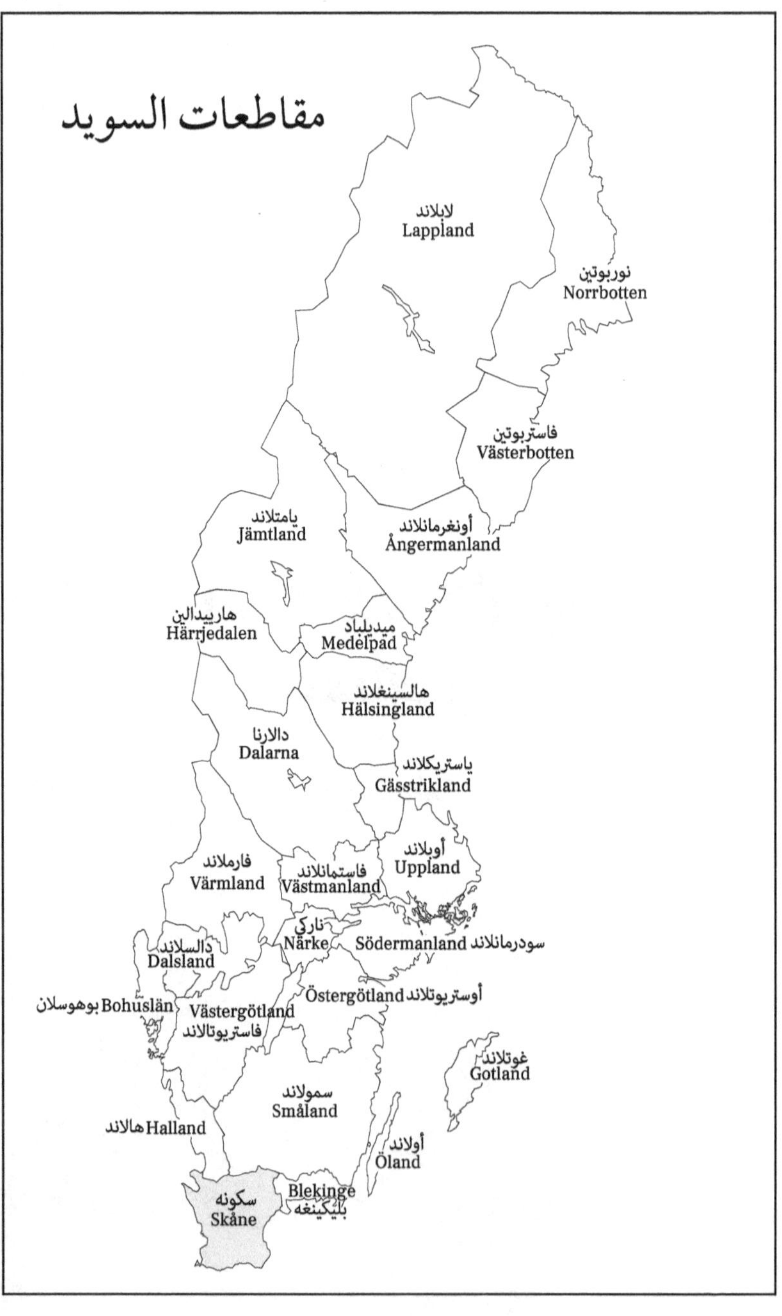

مقاطعات السويد
لابلاند
Lappland
نوربوتين
Norrbotten
فاستربوتين
Västerbotten
يامتلاند
Jämtland
أونغرمانلاند
Ångermanland
هاريبدالين
Härrjedalen
ميديلباد
Medelpad
هالسينغلاند
Hälsingland
دالارنا
Dalarna
ياستريكلاند
Gässtrikland
أوبلاند
Uppland
فارملاند
Värmland
فاستمانلاند
Västmanland
ناركي
Närke
سودرمانلاند
Södermanland
دالسلاند
Dalsland
أوستريوتلاند
Östergötland
بوهوسلان
Bohuslän
Västergötland
فاستريوتالاند
غوتلاند
Gotland
سمولاند
Småland
هالاند
Halland
أولاند
Öland
سكونه
Skåne
Blekinge
بليكينغه

ذات مرّة في قديم الزمان كان هناك ملك يحكم مملكة عظيمة. وكان الملك قائداً عظيماً، يقضي معظم أوقاته على متن سفينته التي تتقدّم أسطوله الذي يجوب البحار في الصيف والشتاء. وفي إحدى المرات، حين كان الملك في إحدى غزواته، حدث أن توقفت سفينته في بحيرة هائجة، ولم تستطع التقدّم أو التراجع. وحين عجز البحارة عن معرفة ما الذي يمسك السفينة، صعد الملك إلى مُقدّم السفينة، فرأى حورية البحر جالسة على الأمواج أمام السفينة. أدرك الملك أنها هي التي أوقفت سير السفينة، فتحدث إليها وسألها عما تريده. أجابت حورية البحر: «لن تغادر مكانك هذا أبداً، إلا إذا وعدتني بأن تعطيني أول كائن حيّ ستقابله عند شاطئ مملكتك». ونظراً إلى أن الملك عجز عن إيجاد طريقة أخرى للخلاص، فقد وافق على شرط حورية البحر. فتحرّكت السفينة على الفور، وهبّت الريح في الشراع، ثمّ أتت ريح مواتية دفعت السفينة حتى وصل الملك إلى بلاده.

كان للملك ابن وحيد يبلغ من العمر خمسة عشر شتاءً، وكان الفتى واعداً وناجحاً في كل ما يفعله. أحبَّ الأمير الشاب والده كثيراً، وتاق

بشدّة إلى عودته. فلمّا رأى الأمير الرايات ترفرف على صواري سفن الملك وهي تمخر البحر، فرح كثيراً وركض إلى الشاطئ ليستقبل أباه. فلمّا عرف الملك ابنه من بعيد، استاء لأنه تذكّر وعده لحورية البحر. لذلك حوّل نظره أولاً إلى خنزير، ثم إلى إوزّة كانا يسيران عند شاطئ البحر. صعد الملك إلى حصنه وأمر بأن يُلقى الخنزير في البحر، فنُفّذ أمره على الفور.

هبّت في اليوم التالي عاصفة شديدة، وارتفعت أمواج البحر عالياً، ثمّ أُلقي الخنزير ميتاً عند الشاطئ، بالقرب من قصر الملك. أدرك الملك أن حورية البحر غاضبة. أمر عندئذٍ بإلقاء الإوزة في البحر، ولكن الأمر تكرّر وهبّت عاصفة هوجاء، وألقت الأمواج الطائر ميتاً عند الشاطئ. أيقن الملك أن حورية البحر تريد ابنه الوحيد. لكن الفتى كان سعادة أبيه الكبرى، ولن يتخلى عنه ولو أُخذ منه نصف مملكته.

وبمرور الأيام، اقتنع الملك أخيراً بالحكمة القديمة التي تقول: «لا أحد أقوى من قدره». ففي أحد الأيام ذهب الصبي إلى الشاطئ ليلعب مع أقرانه من الأطفال. فارتفعت يدٌ بيضاء كالثلج من الماء، وفي كل إصبع من أصابع تلك اليد خاتم ذهبي برّاق. أمسكت اليد البيضاء بابن الملك الذي كان يلعب عند الشاطئ، وجذبته ليختفي بين الأمواج الزرقاء. ثم اقتيد الأمير في أعماق البحر، عبر العديد من المسارب الخضراء، ولم تتوقف رحلته حتى وصل إلى قصر حورية البحر. ويقال إن حورية البحر لديها قاعة في مكان عميق في قاع البحر، وهي قاعة جميلة يلمع فيها الذهب والأحجار الكريمة، من الداخل والخارج.

أقام الفتى في القلعة الجميلة، والتقى هناك بالعديد من الأطفال النبلاء، أبناء الملوك. ومن بين العديد من وصيفات حورية البحر، كانت هناك أميرة شابة تدعى سينغورا، مضى على وجودها في القلعة سبع سنوات، وكانت صاحبة قدرات عجيبة وتعرف الكثير من الأسرار. وقع ابن الملك في حبّ الأميرة الجميلة وأحبها حبّاً شديداً، وأقسما لبعضهما، بإيمانهما وشرفهما، أن يُخلّصا لبعضهما طالما بقيا على قيد الحياة.

في أحد الأيام استدعت حورية البحر الأمير الشاب، وقالت: «لاحظت أن نفسك تميل إلى وصيفتي سينغورا. سأضعك الآن أمام ثلاثة اختبارات؛ إذا نجحت في اجتيازها، سوف أعطيك فتاتك الجميلة، وسأسمح لك بالعودة إلى ديارك وأهلك. لكن إن لم تفعل ما آمرك به، فستبقى هنا وتخدمني إلى الأبد». لم يجد الشاب ما يقوله ردّاً على ما سمع. ثم قادته حورية البحر إلى مرج واسع مغطى بعشب البحر الأخضر الكثيف. ثمّ قالت: «ليكن اختبارك الأول أن تحصد جميع هذا العشب، ثم تعيد كل عشبة إلى جذرها الذي قُطعت منه لكي تنبت وتنمو كما كانت من قبل. بشرط أن يتم ذلك كله هذا المساء، قبل أن تغرب الشمس». قالت ذلك، ثمّ مضت في طريقها، وتركت الشاب وحيداً.

بدأ الأمير يحصد ويحصد بكلّ طاقته؛ لكن لم يمض وقت طويل حتى تأكّد من أنه لن ينجح في هذا الاختبار. جلس الشاب عندئذٍ في المرج وبكى بكاءً مرّاً.

وبينما كان الشاب جالساً يبكي، جاءته سينغورا الجميلة، وسألته عن سبب حزنه الشديد. أجاب ابن الملك: «لا يسعني إلا أن أبكي. أمرتني

حورية البحر أن أحصد هذا المرج كله، وأن أعيد كل عشبة إلى جذرها لتعود كما كانت من قبل. وإذا لم أفعل ذلك قبل أن تغرب الشمس وتختفي في الغابة، فسوف أخسرك أنت وكل متعة أخرى في هذا العالم». أجابت الصبية: «سأساعدك، إذا وعدتني أن تخلص لي، لأنني لن أخذلك أبداً». فأكّد لها الأمير ذلك، وقال إنه لن ينقض أيمانه ولن يخلف وعده لها. تناولت سينغورا المنجل عندئذٍ ولمست العشب، فحُصد المرج كله فوراً وسقط العشب الصغير كله دفعة واحدة على الأرض. ثمّ لمست العشب ثانية فاذا كل عشبة قد عادت إلى أصلها وعاد المرج كما كان من قبل. ثم مضت الأميرة في طريقها، سُرّ الشاب بما حدث، ثمّ ذهب إلى ولية أمره، حورية البحر، ووقف بين يديها سعيداً، قائلاً إنه أنجز عمله، كما أمرته.

في اليوم الثاني استدعت حورية البحر الأمير الشاب وقالت: «سأضعك أمام اختبار آخر. في اسطبلاتي يوجد مائة حصان وفرس، ولا يمكن للمرء أن يتذكّر أبداً متى تم تنظيف الاسطبلات. اذهب الآن ونظف الاسطبلات، وإذا استطعت أن تفعل ذلك من الآن حتى المساء، قبل مغيب الشمس، فسأفي بوعدي لك». قالت ذلك، ومضت في طريقها، وتركت الشاب وحيداً. وعندما ذهب الأمير إلى الإسطبلات وشاهد ما فيها، تأكّد له تماماً أنه لن يستطيع تجاوز هذا الاختبار. فجلس ووضع يده على خدّه وبكى بمرارة.

ثمّ لم يمض وقت طويل، حتى أتت سينغورا مرة أخرى، وسألته عن سبب بكائه وحزنه الشديد. أجاب ابن الملك: «لا يسعني إلا أن أبكي. أمرتني حورية البحر بتنظيف إسطبلاتها؛ وإذا أردتُ أن لا أخسرك

وأخسر كلَّ سعادة أخرى في الدنيا، فينبغي أن تكون الإسطبلات نظيفة هذا المساء، قبل غياب الشمس. أجابت الأميرة: «سأساعدك، إذا وعدتني أن تخلص لي، لأنني لن أخذلك أبداً». فأكّد لها الأمير ذلك، وقال إنه لن يحبّ أحداً سواها. ذهبت سينغورا عندئذٍ إلى باب الإسطبل، وتناولت سوطاً ذهبياً معلقاً على الجدار، ثمّ ضربت الحصان الواقف بعيداً في الزاوية. انطلق الحصان على الفور، وبدأ في كشط الأرض بحوافره، حتى أصبح الاسطبل نظيفاً تماماً. كذلك الأمر، صهلت جميع الأحصنة والأفراس وبدأت بكشط الأرض بحوافرها وهي فرحة. وبعد أن تمّ ذلك كلّه، مضت الأميرة في حال سبيلها. سُرَّ الشاب وذهب إلى وليّة أمره حورية البحر وأخبرها وهو سعيد بأنه أنجز المهمة ونفّذ أمرها.

وفي اليوم الثالث استدعت حورية البحر الأمير من جديد، وقالت: «سأضعك أمام اختبار آخر. فإذا اجتزت هذا الاختبار أيضاً، فسوف أفي بوعدي لك. وإن لم تفعل ما سأقوله لك، فستبقى هنا وتخدمني إلى الأبد». سأل الأمير حورية البحر عمّا تريده. قالت: «حسناً، يوجد في حظيرتي نحو ألف خنزير، ولم تُنظّف فضلاتها منذ مائة عام. يجب أن تنظف حظيرة الخنازير من الفضلات، ويجب أن يتم ذلك من الآن حتى المساء، قبل مغيب الشمس». ثمّ قادت الأمير إلى حظيرة كبيرة، فيها أعداد من الخنازير تعدّ ولا تحصى، وقد تراكمت القذارة وتجمّعت فأصبحت جبالاً مرتفعاً لا يمكن المرور بينها إلا من خلال ممرّ ضيق.

بعد ذلك، انصرفت حورية البحر، معتقدة أن الشاب لن يستطيع الرحيل إلى بلاده برفقة شريكته. وهذا ما فكّر فيه الأمير أيضاً. لذلك

جلس المسكين، ووضع يده على خده، وذرف الدموع بسخاء.

وبينما كان الأمير جالساً يبكي، أتت سينغورا الجميلة، وسألته عن سبب حزنه الشديد. أجاب الأمير الشاب: «لا يسعني إلا أن أبكي. أمرتني حورية البحر بتنظيف حظيرة الخنازير هذه بأكملها، وإذا لم أفعل من الآن حتى المساء، قبل غروب الشمس، فسأخسرك وأخسر كلّ سعادة أخرى في هذه الدنيا». أجابت الجميلة سينغورا: «سأساعدك، إذا وعدتني أن تخلص لي، لأنني لن أخذلك أبداً». فأكّد لها الأمير ذلك، وقال إنه لن ينساها أبداً ما دام حياً. تقدمت سينغورا عندئذٍ نحو أكوام القذارة المرتفعة وسارت بحذر في الممرّ حتى وصلت إلى خنزير رمادي عجوز منغمس في الوحل. قالت الأميرة سينغورا:

- يا خنزير، يا خنزير! نظّف وسخك يا خنزير. تصبح حرّاً يا خنزير.

لم تكد سينغورا تنطق بتلك الكلمات، حتى نهض الخنزير من مضجعه وانطلق مسرعاً في أرجاء الحظيرة يحكّ أرضها بحوافره ويكنسها بخطمه، ولم يعد إلى مكانه الأول حتى أصبح المكان بأكمله نظيفاً مثل صالة رقص. ثمّ فرّ الخنزير هارباً من الحظيرة ولم يعد بعدها أبداً. أمّا الأمير فقد غمرته السعادة ولم يستطع أن يفي الأميرة الجميلة حقها من الثناء لما قدمته له من مساعدة.

وقف الأمير الشاب بين يدي حورية البحر، وقال إنه نفّذ أمرها، كما أرادت تماماً. استشاطت حينئذٍ حورية البحر غضباً، وأرادت أن ترى من هو الأقوى، مَكرُها أم حظّ ذلك الشاب. لكنها كتمت ذلك ولم تُظهر ما في نفسها؛ وفي صباح اليوم التالي، عندما أشرقت الشمس، استدعت

الشاب، وأمرته بالذهاب إلى أختها من أجل لوازم الزفاف. ثمّ أعطته صندوقاً ليضع الأشياء فيه، وقد أيقن الأمير، من رؤيته لملامح وجهها، أنها لا تتوقع عودته سالماً من تلك الرحلة.

عندما حان وقت مغادرة الأمير الشاب، أتته سينغورا الجميلة، وقالت: «سمعت أنك ذاهب إلى أخت حورية البحر، وإذا لم تفعل ما سأقوله لك، فلن نلتقي بعدها أبداً. خذ معك هاتين السكّينتين الحديديتين، والفأسين الحديديتين، والقبعتين الصوفيتين، والكعكتين، وتصرّف بها في الطريق حيثما دعت الحاجة. ولكن عندما تصل إلى هناك، احذر وانتبه إلى موضع جلوسك. ففي قاعة تلك القزمة الساحرة يوجد خمسة كراسي مختلفة الألوان. إذا جلست على الكرسي الأبيض، فستغرق وتغوص في قاع البحر، ولن تصعد إلى السطح مرة أخرى. وإذا جلست على الكرسي الأحمر، فستحترق وتظل تحترق، ولن تنطفئ أبداً. وإذا جلست على الكرسي الأزرق، فستتعرض للضرب حتى الموت، ولن نرى بعضنا مرة أخرى. وإذا جلست على الكرسي الأصفر، فستمرض، وتهزل، وتجفّ، ولن تتعافى أبداً. ولكن يمكنك الجلوس على الكرسي الأسود، ولن تصاب بأي أذى». وأضافت: «هذه وسادة حريرية، ضعها تحت الثعبان الذي يتدحرج على أرضية القاعة. ولكن، قبل ذلك كلّه، لا تأكل من الطعام، لأنك ستموت، ولن أراك مرة أخرى».

شكرها الأمير كثيراً على نصائحها المفيدة، ثم ودّع حبيبته، ولا يمكن للمرء أن يتخيّل مدى حزنهما حين افترقا. بعد ذلك انطلق الشاب في رحلته ولا ندري شيئاً عمّا صادفه خلالها، حتى أتى إلى رجلين كانا

ينشران الخشب وينحتانه. ولم يكن لديهما سوى سكين خشبية واحدة. فخطر على بال الأمير ما قالته له سينغورا، فأخرج سكّينتيه الحديديتين وأعطاهما للحِرفيين.

تابع الشاب رحلته وقطع مسافة من الطريق حتى أتى إلى حطّابين يقطعان الأشجار. ولكن عملها مرهق وبطيء جداً إذ لم يكن لديهما سوى فأس خشبية واحدة. تذكر الأمير عندئذٍ نصيحة حبيبته، فأعطى كل واحد منهما فأساً حديدية. ثم مضى في طريقه حتى أتى إلى رجلين واقفين إلى جانب الطريق يطحنان الحبوب بمطحنة. كانت الريح باردة والرجلان عاريي الرأس. أشفق الأمير على الرجلين، وأعطى كل واحد منهما قبعة صوفية. ثم سار لبعض الوقت، حتى وصل إلى بوابة القلعة. فهاجمه ذئب مكشّر عن أنيابه ودبّ يزمجر يريدان التهامه. لم يتردّد الشاب، بل تناول كعكة، وكسرها إلى نصفين، ثم أعطى نصفها للذئب ونصفها الآخر للدبّ. تراجع الحيوانان المفترسان عندئذٍ إلى جحريهما وأخليا الطريق للأمير حتى وصل إلى قصر الساحرة.

عندما دخل الشاب القصر، وقف بين يدي ملكة السِحر، ونقل لها تحيات أختها، ثمّ عرض لها سبب مجيئه. رحبت به الساحرة وأحسنت استقباله، ووعدته بتجهيز لوازم الزفاف، كما هو مطلوب. ثمّ قدّمت له كرسياً أبيض، وطلبت منه الجلوس ليرتاح بعد رحلته الطويلة. لكن الأمير تذكر نصيحة سينغورا، وقال إنه ليس متعَباً. ثم قدمت له ملكة السحر كرسياً أحمر؛ فكرّر الأمير القول إنه يستطيع الوقوف. فقدّمت له عندئذٍ كرسياً أزرق، لكن الشاب رفض الجلوس. ثمّ تكرّر الأمر بالنسبة

للكرسي الأصفر. وأمام إصرار الملكة على طلبها، ذهبت الشاب إلى نهاية القاعة، وجلس على الكرسي الأسود، وقال: «يبدو لي أن من الأفضل أن أرتاح هنا قليلاً». أيقنت العجوز أن الأمير شديد الحذر، وقد أزعجها ذلك في قرارة نفسها.

أخرجت ملكة السحر بعض النقانق، ودعت الأمير ليأكلها، وقالت إنه يحتاج إلى شيء يعيد إليه النشاط بعد تلك الرحلة الطويلة. اعتذر الشاب متعللاً بأنه ليس جائعاً، لكن لم يُقبل عذره؛ وقيل له أن يأكل، سواء أراد ذلك أم لا. انصرفت بعد ذلك العجوز لإعداد لوازم الزفاف. وقبل أن تنصرف، قالت لثعبانها القابع كالقرص في إحدى زاويا القاعة:

‑ ثعباني، يا ثعباني! احرسه.

انتبه الشاب عندئذٍ إلى وجود الثعبان الملتف حول نفسه كالقرص على أرضية القاعة، فتذكّر على الفور ما قالته سينغورا. فذهب عندئذٍ إلى ذلك الوحش وربّته بيده ووضع الوسادة الحريرية تحت رأسه فسُرَّ الثعبان بذلك. تسلّل الأمير إلى زاوية أخرى بعيدة، وأخفى النقانق تحت المكنسة، ثم عاد إلى مقعده.

ولم يكد يجلس في مكانه، حتى عادت ملكة السحر، وسألته إن كان قد أكل الطعام الذي قدمته له، فأكّد لها الأمير ذلك. قالت الساحرة:

‑ يا نقانق، يا نقانق! أين أنت الآن؟

أجابت النقانق:

‑ هنا، في زاوية القمامة؛ هنا، في زاوية القمامة.

غضبت عندئذٍ ملكة السحر غضباً شديداً، واستدعت النقانق، وقالت للأمير أن يأكلها قبل أن تعود. ثم خرجت، لكنها قالت للثعبان قبل أن تخرج:

- ثعباني، يا ثعباني! احرسه.

عندما انصرفت العجوز، لم يدرِ الأمير أين يُخفي ذلك الطعام اللعين. وأخيراً وجد الحلَّ، ووضع النقانق في صدره، تحت الثياب. لم يمض وقت طويل، حتى عادت الساحرة من جديد، وسألته إن كان قد أكل حتى شبع. فأكَّد لها الشاب ذلك. قالت الساحرة:

- يا نقانق، يا نقانق! أين أنت الآن؟

أجابت النقانق:

- هنا، في الصدر؛ هنا، في الصدر.

سُرّت العجوز عندئذٍ كثيراً، وقالت:

- ما دمتِ في صدره، فمآلك إلى مصرانه.

أُعطي الأمير عندئذٍ صندوقاً مليئاً بلوازم الزفاف، ثم ودّع ملكة السحر، وانطلق عائداً من حيث أتى. لكنه لم يكد يخرج إلى فناء القصر، حتى بدأت النقانق تتحرّك تحت ملابسه، ثمّ تحوّلت إلى تنّين كريه المنظر، نشر جناحيه وطار عالياً في السماء. شعر الشاب عندئذٍ بالرعب، وانطلق بأقصى سرعته. وحين بلغ بوابة القلعة، صرخت العجوز:

- يا دبّي، مزّقه واجعله ألف قطعة.

هاجمه الدبّ على الفور، فأخذ الشاب نصف كعكة ورماها في فم الحيوان. فقال الدبّ:

- كنت جائعاً، والآن شبعت.

ثم عاد متثاقلاً إلى جحره. أمّا الشاب فواصل رحلته حتى أتى إلى موضع الذئب. فصرخت الساحرة:

- يا ذئبي، مزّقه وأجعله ألف قطعة.

فهجم عليه الذئب مسرعاً وفاغراً شدقيه، فأخذ الأمير نصف كعكة ورماها في فمه. عاد الذئب عندئذٍ إلى وجاره قائلاً:

- كنت جائعاً، والآن شبعت.

أيقن الأمير في تلك اللحظة أن التردد يجافي الحكمة. لذا ركض بأقصى سرعته، وجاء إلى الرجلين اللذين كانا يطحنان الحبوب في الطاحونة. صرخت ملكة السحر:

- أيها الطحّانان، اطحناه واجعلاه ألف حُبيبة.

فلما عرفه الطحّانان، لم يؤذياه وقالا: «لن نجازي الخير بالشرّ. لقد أعطانا قبعتين صوفيتين حين كنا عاريي الرأس». ثم تابعا الطحن، فأسرع الأمير حتى أتى إلى الرجلين اللذين يقطعان الأشجار. فنادت الساحرة من جديد:

- أيها الحطّابان! قطّعاه واصنعا منه ألف رقاقة»

فلما عرفه الحطّابان، لم يؤذياه وقالا: «لن نجازي الخير بالشرّ. كنا

نحتطب بفأس خشبية واحدة، فأعطانا فأسين حديديتين. ثمّ عادا إلى ما كانا فيه من تقطيع للأشجار. فواصل الأمير الركض حتى جاء إلى النحّاتين اللذين كانا ينحتان الخشب. صرخت العجوز:

– أيها النحّاتان، انحتاه واجعلاه ألف رقاقة»

فلما عرفه النحّاتان، لم يؤذياه وقالا: «لن نجازي الخير بالشرّ. كنا ننحت بسكّين خشبية واحـدة فأعطـانا سكّينتين حديـديتين». ثمّ عادا إلى عملهما. فواصل الشاب الركض ولم يتوقف حتى وصل إلى قصر حورية البحر.

وقف الشاب بين يدي حورية البحر، وأعطاها لوازم الزفاف، وبدأ بالاستعداد للعودة إلى دياره. فلما رأته حورية البحر سالماً لم يصبه أذى، عجبت كثيراً وبدا عليها الغضب الشديد. حلّ المساء وبدأ الناس يستعدون للذهاب إلى أسرّتهم. ثم أتت سينغورا الجميلة للسلام على الأمير، فحيّته بلطف ومودّة شديدين، وقالت: «العجوز غاضبة، وينبغي لنا أن نهرب بسرعة، إذا كنا نحبّ الحياة». أجاب الأمير: «وكيف يمكننا ذلك؟ لا يمكننا الخروج أبداً من قصر حورية البحر من دون إذن منها». قاطعته الصبية: «اطمئنّ، سأجد طريقة للخروج، إذا وعدتني أن تخلص لي، لأنني لن أخذلك أبداً».

أكّد لها الأمير مرة أخرى أنه لن يحبّ أحداً في العالم سواها. قالت سينغورا: «انزل إلى الإسطبل، وضع السرج الذهبي على الحصان الأسود؛ وضع السرج الفضي على الفرس السوداء. وسنغادر في منتصف الليل». فعل الأمير كما قالت الأميرة سينغورا، ونزل إلى الإسطبل،

ووضع السرج الذهبي فوق الحصان الأسود، والسرج الفضي على الفرس السوداء. أمّا سينغورا فذهبت إلى مخدع الوصيفات، ثمّ لفّت بعض الأقمشة، وصنعت منها ثلاث دمى صغيرة، ووضعت واحدة بجانب سريرها، وواحدة في منتصف الغرفة، وواحدة عند العتبة. ثم جرحت إصبعها الصغير الأيسر، وتركت قطرة من دمها تسقط على كل دمية، وقالت: «إذا نوديت بعد رحيلي، أجبن أنتنّ بدلاً مني».

وعندما انتصف الليل، تسلّل الأمير والأميرة إلى الإسطبل، ثمّ امتطيا الحصان والفرس وفرّا من قصر حورية البحر. سارا طوال الليل من دون أن يلحظ أحد غيابهما. ولكن عندما طلع الصبح، وبدأت الديكة بالصياح، استيقظت حورية البحر في مخدعها العلوي، ونادت:

- حبيبتي سينغورا! هل ما زلت نائمة؟

«لا، يا سيّدتي!» أجابت الدمية، التي بجانب عمود السرير. وبعد مرور بعض الوقت، صاحت حورية البحر مرة أخرى:

- حبيبتي سينغورا! ماذا تفعلين الآن؟

«سأشعل النار، يا سيّدتي!» أجابت الدمية الأخرى، التي في منتصف الغرفة. ثم مضى بعض الوقت، فصاحت العجوز للمرة الثالثة:

- حبيبتي سينغورا! هل ما زلت تشعلين النار؟

قالت الدمية الثالثة التي عند العتبة: «نعم يا سيّدتي، ما زلتُ أفعل». ولكن عندما ارتفعت الشمس وأصبح الوقت ضحى، ذهبت حورية البحر بنفسها إلى مقصورة سينغورا؛ ويمكن للمرء أن يتخيّل مدى

غضبها عندما وجدت المقصورة خالية من كلّ أحد، باستثناء الدمى الموضوعة على الأرض والتي تحدّق بها. ركضت حورية البحر إلى الإسطبل لتتفقد حصانها؛ لكنها لم تجد هناك ما يسرّها أيضاً؛ لأن الحصان الأسود قد اختفى، واختفت الفرس السوداء أيضاً، فأدركت العجوز عندئذٍ أن الأميرين قد فرّا.

بلغ غضب حورية البحر حدّه الأقصى، فأيقنت أن الهاربين لم يفعلا ذلك عبثاً. لذلك نادت خادمها، وقالت: «أسرع، واسرج تيسي الذي يقطع مائة ميل في كل خطوة. ثمّ اركبه وانطلق، واقبض على كل من تجده، صغيراً كان أم كبيراً». استعدّ الخادم في الحال، وسرج تيس العجوز وامتطاه، ثم انطلق كالريح العاصفة فوق الأمواج.

وعندما سمعت سينغورا الهدير خلفها، فهمت الأمر، فالتفتت إلى الأمير وقالت: «أتسمع صوت الصفير. يجب أن نأخذ حذرنا الآن، لأن تيس حورية البحر قد انطلق خلفنا». ثم حوّلت نفسها وخطيبها إلى جرذين صغيرين يعدوان ويلعبان على الطريق. ولم تكد تفعل ذلك، حتى أتى خادم حورية البحر يطير مسرعاً في الجوّ، والريح تصفر خلفه.

وعندما رأى الفأرين، فكّر في نفسه قائلاً: «هذان الفأران لا يمكن أن يكونا هما اللذان تبحث عنهما سيّدتي». ثمّ تابع طريقه. وأخيراً عاد من حيث أتى، من دون العثور على أي شيء، فوجد حورية البحر واقفة في فناء قصرها. سألته: «حسناً، هل عثرت عليهما؟» قال الخادم: «لا، لم أجد أحداً، ولم أرَ سوى جرذين صغيرين يلعبان على الطريق». قالت حورية البحر وهي غاضبة جداً: «كان عليك أن تقبض عليهما. هيا عد الآن

واقبض على كل شيء تجده، صغيراً كان أم كبيراً».

امتطى الخادم التيس السريع من جديد، ثم انطلق كالبرق. فلما سمعت سينغورا الدويّ والهدير خلفها، قالت لرفيقها: «أتسمع الصفير. يجب أن نأخذ حذرنا الآن، لأن تيس حورية البحر قد انطلق خلفنا». ثم حوّلت نفسها ورفيقها إلى عصفورين صغيرين، يطيران في الجوّ. وفي تلك اللحظة مرّ بهما الخادم ممتطياً التيس، مسرعاً كما تمرّ النار في الهشيم اليابس. وعندما رأى الطائرين وهما يحلقان في الجوّ، قال لنفسه: «لا يمكن أن يكونا هما اللذان تسعى خلفهما سيّدتي». ثمّ تابع طريقه.

وأخيراً عاد من حيث أتى، من دون العثور على أي شيء، فوجد حورية البحر واقفة في فناء قصرها. سألته: «حسناً، هل عثرت عليهما؟» قال الخادم: «لا، لم أجد أحداً، ولم أرَ سوى عصفورين صغيرين يرفرفان في الجوّ. قالت حورية البحر وهي غاضبة جداً: «كان عليك أن تمسكهما. هيا عد الآن واقبض على كل شيء تجده، صغيراً كان أم كبيراً».

امتطى الخادم التيس السريع مرة أخرى، ثم انطلق مسرعاً كما تنطلق الفكرة في الذهن. فلما سمعت سينغورا الصفير والضوضاء خلفها، قالت للأمير: «أتسمع الصفير. يجب أن نأخذ حذرنا الآن، لأن تيس حورية البحر قد انطلق خلفنا». ثم حوّلت نفسها وحبيبها إلى شجرتين قائمتين إلى جانب الطريق، لكنهما شجرتان بلا جذور ضاربة في الأرض. ولم تكد تفعل ذلك، حتى أتى خادم حورية البحر يطير مسرعاً في الجوّ، والريح تصفر خلفه. وعندما رأى الشجرتين قال لنفسه: «لا يمكن لهاتين الشجرتين أن تكونا هما ما تسعى خلفه سيّدتي». ثمّ تابع طريقه.

وأخيراً عاد من حيث أتى، من دون العثور على أي شيء، فوجد حورية البحر واقفة في فناء قصرها. سألته: «حسناً، هل عثرت عليهما؟» قال الخادم: «لا، لم أجد أحداً، ولم أرَ سوى شجرتين قائمتين إلى جانب الطريق». قالت حورية البحر: «كان يجب أن تأتيني بهما. ألم أطلب منك أن تأتيني بكلّ ما تجده؛ صغيراً كان أم كبيراً؟» استبدّ الغضب الشديد بالعجوز، فانطلقت بنفسها لملاحقة الهاربين. لكن سينغورا كانت قد استغلت الوقت، وعندما وصلت حورية البحر، كان الأميران قد أصبحا على اليابسة بالفعل، ولم يعد بمقدور حورية البحر الوصول إليهما.

واصل الأمير وسينغورا الجميلة سفرهما، بعد أن خرجا من البحر، ولم يكن قصر الملك بعيداً عنهما. وعندما لاح للأمير الشاب قصر والده من بعيد، استبدّت به رغبة عارمة ليسرع بالوصول ورؤية أهله والاطمئنان عليهم، والتأكّد من أنهم ما زالوا على قيد الحياة. لكن سينغورا عملت بكل قوتها على تأخير وصولهما، لأنها استطاعت كعادتها التنبؤ بما ينتظره؛ فتضرّع إليها الأمير وتوسّل، فلم تستطع مقاومة توسلاته.

ثمّ تقرّر أن يصعد الأمير إلى قصر والده؛ وأن تبقى سينغورا بانتظار عودته إليها. وقبل أن يفترق الأميران، قالت الأميرة: «يجب أن تعدني بأمر واحد فقط، مقابل كلّ الثقة والإخلاص الذي أظهرته لك. لا تكلّم أحداً في بلاط أبيك لأنك ستنسى حينئذٍ كلامك ووعدك الذي قطعته لي». وافق الأمير على ذلك، ثم مضى في طريقه. أمّا الأميرة سينغورا فجلست إلى جانب الطريق وبكت، إذ صعُب عليها أن تفقده، وهو الذي أحبته أكثر من أي شيء آخر في العالم.

عندما اقترب الشاب راكباً حصانه من قصر والده، عمّ الفرح الشديد جميع أهله وأقاربه وقومه، وخرجوا لاستقباله بسعادة وسرور. لكن الأمير بدا لهم غريب السلوك، إذ لم يتحدث إلى أحد ولم يجب عن سؤال أحد، بل مضى في طريقه نحو القصر، متجاهلاً مستقبليه، وهو الأمر الذي لم يعهدوه فيه من قبل.

وعندما أوشك الأمير على الدخول من بوابة القلعة، أسرعت نحوه كلاب القصر وهي تنبح بقوة. نسي الشاب عندئذٍ وعده لسينغورا وصرخ في الكلاب: «هوُت! هوُت!» وفي تلك اللحظة تماماً تغيّرت أفكاره كلها، ونسي حبيبته وكل ما حدث له، وبدا له الماضي أشبه بكابوس. التفت عندئذٍ إلى أقاربه وجميع مستقبليه، الذين احتضنوه وعانقوه بمحبة وفرح. ثمّ عمّ الفرح قصر الملك واحتفلت المملكة كلها بعودة ابن الملك الوحيد الذي كان قد مضى وقت طويل على غيابه.

نعـود، الآن لنرى مـا حـدث للأميرة سينغورا، التي ما تزال جـالسة تنتظر خطيبها. انتظرت سينغورا وانتظرت، لكن الأمير لم يأت ولم يظهر له أثر. أدركت الصبية حينها كيف جرت الأمـور، فـازداد حزنها وغمّها، ومضت بعيداً عن الطريق، حتى وصلت إلى نبع صغير جلست عنده وبكت.

وحين طلع الصباح، وأشرقت الشمس، جاءت فتاة في مقتبل العمر لتجلب الماء من النبع. وعندما انحنت الفتاة، ورأت صورة سينغورا الجميلة منعكسة في ماء النبع، امتلأ قلبها بالسعادة، معتقدة أنها رأت صورتها هي. فصفقت الفتاة بيديها فرحاً وقالت: «ما هذا! هل أصبحتُ

جميلة إلى هذا الحـدّ؟ إذن، لن أبقى بعد الآن في كـوخ أبي الأعمى».
قالت ذلك، وتركت وعاءها، وهربت. أمّا سينغورا فملأت الوعاء
بالماء، وذهبت إلى كوخ الأعمى، واعتنت به كما لو كان والدها. ولم
يخطر في بال العجوز شيء سوى أنها ابنته، على الرغم من استغرابه لتغيّر
سلوكها نحوه.

انتشر الحديث في المنطقة كلها حول جمال ابنة العجوز الأعمى، التي
لم ير أحد أجمل منها أبداً. ثمّ وصل الحديث عنها إلى الحاشية في بلاط
الملك، فقرروا التأكد من صحة ما يقال عن نبل تلك الشابة وجمالها. ثمّ
اتفقوا على أن يسعوا، واحداً بعد الآخر، إلى التقرب منها ونيل الحظوة
لديها، وظنوا أن الفرصة قد حانت لاختبار صحّة القول المأثور «تهدل
الحمامة دائماً، حين يُشدّ القوس».

وبعد مضي بعض الوقت، أراد أول رجل من رجال البلاط لأن
يُجرّب حظه. لذلك قصد كوخ العجوز الأعمى، وجلس للتحدث إلى
الصبية الجميلة، ومساعدتها في أعمالها المنزلية، كما يفعل الشبان عادة.
وعندما مضى النهار وحان وقت النوم، لم يشأ رجل البلاط الانصراف،
بل أراد البقاء والمبيت في الكوخ. لم تُبد سينغورا ما يوحي برفضها لما
أراد. ولكنها صرخت فجأة: «أوه، يا للأسف! لقد نسيت إغلاق فتحة
التهوية، والجو بارداً جداً في الليل». وعلى الفور هبّ الرجل وعرض ان
أن يخرج بدلاً منها ويفعل ذلك. شكرته الصبية وقالت: «أخبرني عندما
تمسك بقضيب مغلاق فتحة التهوية». «نعم، لقد فعلت»، أجاب رجل
البلاط. فصاحت الأميرة عندئذٍ:

- ليمسك المغـلاق بالرجـل، وليمسك الرجـل بالمغـلاق، حتى يطلع الصبح.

وهكذا، عَلِق رجل البلاط في مكانه، لا يستطيع مغادرته إلى الأمام أو الخلف، وظلّ على تلك الحال، واقفاً عند قضيب مغلاق فتحة التهوية، يشدّه ويشدّه طوال الليل. ولما طلع الصباح، تحرّر وأُطلق سراحه، فتسلّل عائداً، وهو شديد الخجل، إلى قصر الملك. وقد تساءل الجميع عن سبب عدم رغبته في الحديث عن الفشل الذي آلت إليه رحلته.

وفي الليلة التالية، أراد رجل البلاط الثاني أن يجرّب حظّه. فانطلق إلى كوخ العجوز الأعمى وجلس مع الشابة الجميلة، وتبادل معها حديثاً لطيفاً جداً، كما اعتاد الشبان أن يفعلوا. وعندما مضى النهار وحان وقت النوم، لم يشأ رجل البلاط الانصراف، بل طلب البقاء والمبيت في الكوخ. وافقت الصبية على طلبه بمنتهى السرور. ولكنها صرخت فجأة: «أوه، يا للأسف! نسيتُ إغلاق الباب، وسيكون الجو بارداً جداً في الليل». فهبّ الرجل على الفور مبدياً استعداده أن يفعل ذلك بدلاً منها. شكرته الصبية وقالت: «أخبرني عندما تمسك القفل». «نعم، ها قد فعلت»، أجاب رجل البلاط. فصاحت الأميرة:

- تمسَّك بالرجل أيها الباب، وأنت تمسَّك بالباب أيها الرجل، حتى يطلع الصباح.

فعَلِق رجل البلاط عند الباب وبقي واقفاً هناك، لا يستطيع التزحزح من مكانه حتى طلع الصباح. ثم أُطلق سراحه أخيراً، فتسلل عائداً إلى قصر الملك وهو مجلّل بالعار. وقد حرص على ألا يعرف أحد شيئاً عن

المغامرة التي خاضها في تلك الليلة.

وفي الليلة الثالثة، قرّر رجل آخر من رجال الحاشية أن ينطلق ويجرّب حظّه. لذلك ذهب إلى كوخ العجوز الأعمى، وجلس مع الشابة الجميلة، وأشاد بجمالها، والنساء يرغبن عادة في سماع الثناء على جمالهن. تظاهرت الأميرة باستمتاعها بذلك الحديث، وأبدت سرورها الشديد بما سمعت. ولما هبط الليل وحان وقت النوم، لم يشأ رجل البلاط الانصراف، بل طلب البقاء والمبيت مع الشابة. وقد وافقت سينغورا على طلبه. ولكنها صرخت فجأة: «أوه، يا للأسف! تذكّرت الآن أنني لم أربط العجل، وهذا أمر يجب ألا أنساه». فهبّ الرجل واقفاً في الحال، وعرض أن يفعل ذلك بدلاً منها. شكرته الصبية، وقالت: «من الصعب الإمساك بالعجل، أخبرني عندما تمسكه». «نعم، ها قد أمسكته»، أجاب رجل البلاط وهو ممسك بذيل العجل. صاحت الأميرة عندئذٍ:

– تمسَّك بالرجل أيها العجل، وأنت تمسَّك بالعجل أيها الرجل، ثمّ اصعدا الجبال ركضاً، وانزلا الوديان ركضاً، حتى يطلع ضوء الصباح.

وهكذا بدأت تلك المطاردة المضحكة حيث انطلق العجل مسرعاً ليتسلّق الجبال وينزل إلى الوديان، ويركض خلفه رجل البلاط ويداه مربوطتان بذيل العجل. وقد واصلا الركض على ذلك النحو طوال الليل، حتى طلعت الشمس، وقد نال التعب الشديد من الرجل لدرجة أنه بالكاد استطاع الحركة. ثم قفل الرجل عائداً إلى قصر الملك، وهو موقن أن العار سيلحق به، إذا علم أي شخص بما انتهت إليه رحلته.

وبينما كانت تلك الأحداث جارية، تشاور الملك والملكة في ما بينهما، ثمّ اتفقا على أن الوقت قد حان ليزوّجا ابنهما الأمير. فأطاع الأمير الشاب أمر والديه، ثمّ سافر إلى بلد غريب وبعيد وخطب لنفسه فتاة جميلة هي ابنة ملك ذلك البلد. بدأت بعد ذلك الاستعدادات لإقامة حفل الزفاف، وعمّ الفرح والسرور أنحاء المملكة كافة. وحدث ذات يوم أن خرج الأمير مع عروسه الصغيرة للنزهة، واقتربا في رحلتهما من كوخ العجوز الأعمى والأميرة سينغورا.

وبينما كان الأمير وعروسه على وشك المرور بجانب الكوخ، جفل الحصانان اللذان يجرّان العربة وجمحا، فكسرا عمود التوجيه، وحطّما الإطار، وانطلقا يعدوان ولم يستطع أحد الإمساك بهما. ولإيجاد حلّ للمشكلة الكبيرة التي حدثت، تشاور مرافقو الأمير وعروسه، حول كيفية إعادة الأميرين إلى قصر الملك.

ثم نظر رجال الحاشية الثلاثة إلى بعضهم بعضاً، وقال أحدهم: «أعرف من أين سنحصل على عمود توجيه جديد للعربة. فإذا وافقت الفتاة التي تعيش في هذا الكوخ على أن تقرضنا قضيب مغلاق فتحة التهوية الموجود فوق سقف الكوخ، فأنا متأكد من أنه يصلح كعمود توجيه للعربة». وقال رجل البلاط الثاني: «وأنا أعرف كيف يمكننا إصلاح الإطار. إذا وافقت الفتاة على أن تقرضنا باب كوخها، فأنا متأكد من أن الباب مناسب كإطار». وأضاف المرافق الثالث: «أما أصعب الأمور فهو الحصول على حصانين. ولكن إذا وافقت الفتاة على أن تقرضنا عجلها، فأنا أعلم أنه يستطيع سحب العربة، على الرغم من أنها ثقيلة جداً».

ونظراً لعدم وجود خيارات أخرى، أرسل الأمير أحد مرافقيه إلى الفتاة، وطلب منها أن تعيرهم قضيب مغلاق فتحة التهوية، وباب الكوخ، والعجل. وافقت الفتاة بكل سرور، لكنها اشترطت مقابل ذلك أن يُسمح لها بحضور حفل زفاف الأمير، وهو الأمر الذي وافق عليه الأمير أيضاً. استُخدم قضيب مغلاق فتحة التهوية كعمود توجيه للعربة، فكان مناسباً تماماً. ثمّ وضع باب الكوخ كإطار بديل للعربة، فكان مناسباً أيضاً. وأخيراً رُبط العجل أمام العربة، وهكذا عاد الأمير وعروسه إلى قصر الملك وهما سعيدين ومسرورين.

وفي يوم الزفاف، ارتدت سينغورا ثوباً حريرياً، وزينت نفسها بالمجوهرات الثمينة، وذهبت إلى قصر الملك. وقد تألقت أطراف ثوبها بالذهب الأحمر، وكانت هي نفسها جميلة جداً فلفتت الأنظار إليها وتساءل الجميع عمّن تكون. فقال البعض لا بدّ أنها ابنة أحد الملوك. ثم جلس الضيوف إلى المائدة، ونظروا جميعاً إلى الفتاة الغريبة ليشاهدوا ما الذي ستفعله. بعد ذلك بقليل، أخرجت سينغورا صندوقاً صغيراً؛ وفي ذلك الصندوق ثلاثة طيور صغيرة وثلاث حبات ذهبية صغيرة. وعندما فتحت سينغورا الصندوق، قفزت منه الطيور الثلاثة وحلقت فوق المائدة، حيث كان العريس جالساً. كان على كلّ طائر من الطيور الثلاثة أن يحمل حبّة ذهبية في منقاره، إلا أن أحدها نسي حبّته، فقال له الطائران الآخران: «ها أنت قد نسيت حبّتك الذهبية، كما نسي الأمير حبيبته سينغورا. وفي تلك اللحظة لمع ما يشبه الضوء في ذهن الأمير،

فتذكّر كل شيء، وأدرك أنه خان العهد والوعد الذي قطعه لحبيبته. ثمّ نهض عن المائدة، وأخذ سينغورا الجميلة بين ذراعيه، وقال: «أريدك أنت ولا أريد أحداً غيرك في هذا العالم؛ أنت خطيبتي الحقيقية».

حدثت عند ذلك ضجة كبيرة في القاعة، ونظر الضيوف بعضهم إلى بعض بتعجب. ثم بدأ العريس يروي للحاضرين كل ما حدث له، منذ اختطفته حورية البحر، وقصّ عليهم كلَّ ما قدمته له سينغورا من مودة وإخلاص شديد. ثم أعيدت الأميرة الأجنبية إلى والدها، مصحوبة بحاشية كبيرة، مع كل ما يلزم من مظاهر التكريم والاحترام. أمّا الأمير فقد عقد قرانه على سينغورا الجميلة، واستمر الزفاف عدة أيام؛ بل استمر سبعة أيام في الواقع. وقد كان حفل الزفاف رائعاً وممتعاً ولا يُنسى، لدرجة أن الناس ما زالوا يحتفلون به حتى يومنا هذا، على الرغم من مرور زمن طويل على إقامته.

9

الأميرة فوق الجبل الزجاجي

حكاية من مقاطعة سمولاند

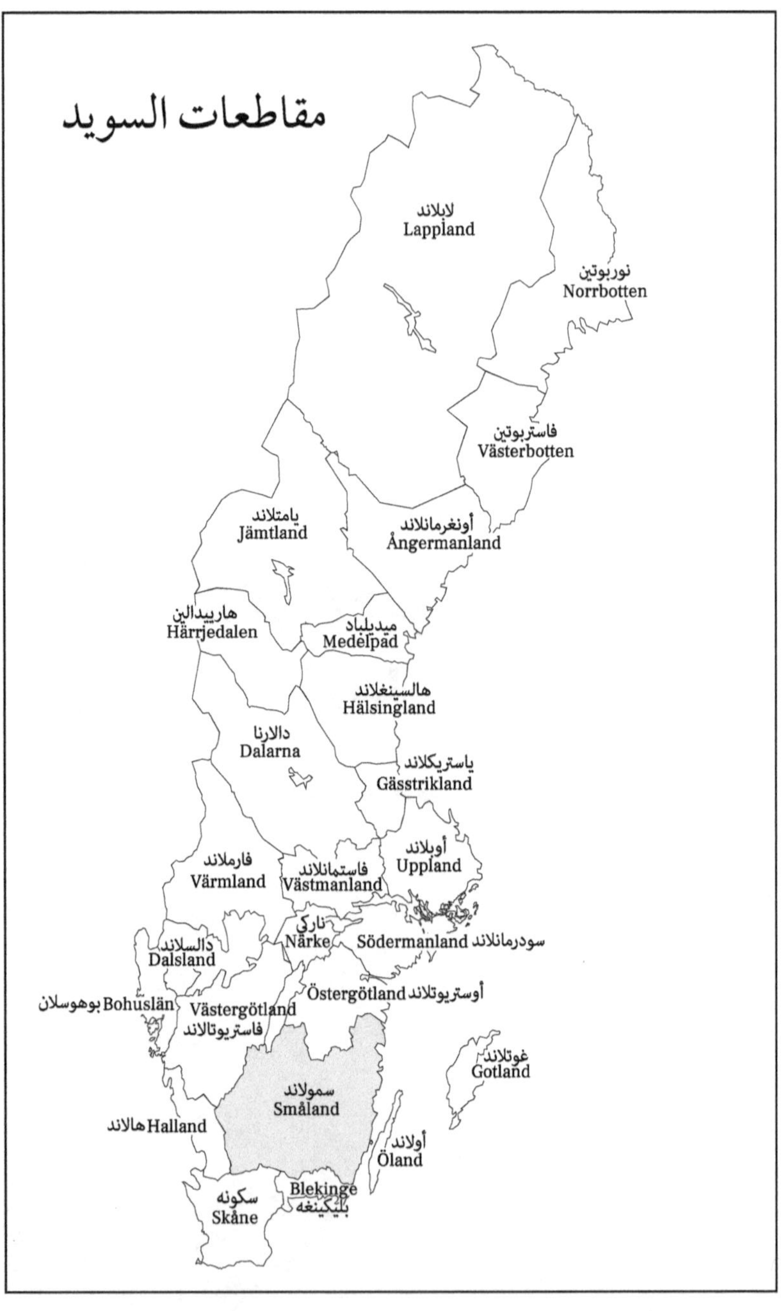

مقاطعات السويد
لابلاند
Lappland
نوربوتين
Norrbotten
فاستربوتين
Västerbotten
يامتلاند
Jämtland
أونغرمانلاند
Ångermanland
هاربيدالين
Härrjedalen
ميديلباد
Medelpad
هالسينغلاند
Hälsingland
دالارنا
Dalarna
ياستريكلاند
Gässtrikland
أوبلاند
Uppland
فارملاند
Värmland
فاستمانلاند
Västmanland
ناركي
Närke
سودرمانلاند
Södermanland
دالسلاند
Dalsland
أوستريوتلاند
Östergötland
بوهوسلان Bohuslän
Västergötland
فاستريوتالاند
غوتلاند
Gotland
سمولاند
Småland
Halland هالاند
أولاند
Öland
Blekinge
بليكينغه
سكونه
Skåne

ذات مرّة في قديم الزمان كان هناك ملك مولع بالصيد لدرجة أنه لا يجد متعة أخرى من متع الدنيا تفوق متعته في مطاردة الحيوانات البرية وصيدها. ولم يملَّ ذلك الملك من التوغل بعيداً في الأرض مصطحباً صقره وكلبه، وكان محظوظاً على الدوام في الصيد. لكن في أحد الأيام، لم يحالفه الحظ في اصطياد أي طريدة، على الرغم من أنه بحث منذ الصباح الباكر في كلّ مكان واتّجاه. وعند المساء، حين كان على وشك العودة مع مرافقيه، رأى قزماً أو «إنساناً وحشياً» يعدو أمامه في الغابة. همز الملك حصانه على الفور، وطارد ذلك القزم حتى أمسك به، وقد عجب الملك ومن معه من مظهر القزم الغريب؛ لأنه كان صغير الحجم وقبيحاً بالنسبة لقزم؛ أمّا شعره فخشن مثل طحلب الغابة. وعندما كلّمه الملك، التزم الصمت لم يجب بشيء، سواء كان خيراً أم شرّاً، وهو الأمر الذي زاد من غضب الملك، فوق غضبه من فشل رحلة صيده. لذلك، أمر مرافقيه بأخذ ذلك المتوحش وسجنه في محبس لا يستطيع الهرب منه. ثم عاد الملك إلى قصره، ولم يتطرق بالحديث عن رحلته آنذاك.

وكانت العادة والعرف المتبع في ذلك الزمن أن يعقد الملك وحاشيته

مجلساً للشراب في الليل، ويكثر في تلك المجالس الحديث وشرب الخمر حتى يثمل المجتمعون ويتعتعهم السُكر. وبعد جلوس الملك وحاشيته إلى المائدة في تلك الليلة، وحين طاب مزاجهم وبدأ مزاحهم، تناول الملك قرن حيوان كبير مليء بالشراب، وقال: «ما رأيكم في صيدنا اليوم؟ ألا ينطبق علينا القول المعروف من أننا عدنا وليس في حوزتنا أي طريدة؟» أجاب ندماؤه: «ما قلته صحيح بالتأكيد، وصحيح أيضاً أنك صياد ماهر لا مثيل له في العالم كله. لذلك، ينبغي ألا تتذمر من حصيلة صيدنا اليوم، لأنك اصطدت طريدة لم يسبق لأحد أن رآها أو سمع بها من قبل». سُرَّ الملك كثيراً بما سمع، ثم سأل جلساءه عن رأيهم فيما ينبغي أن يفعله بالقزم. قالت الحاشية: «نعم، يجب أن تبقيه سجيناً هنا في قصرك، حتى يسمع به ويتحدث عنه القاصي والداني ويعرف الناس في أنحاء الأرض كافة أي صياد ماهر أنت. احتفظ به فقط واحرص على أن لا يهرب، لأنه ماكر ومخادع». عندما سمع الملك ذلك، فكَّر طويلاً؛ ثم رفع قرن الشراب، وقال: «سأفعل كما قلتم، ولن أكون المخطئ إذا هرب ذلك المتوحش. لكنني أقسم لكم، أن من يطلق سراحه سيموت من دون رحمة، حتى إذا كان ابني». ثمّ أفرغ الملك بوق الشراب في جوفه، فكان قسمه عظيماً. فنظر رجاله إلى بعضهم البعض وهم في شكٍّ مما سمعوا؛ إذ لم يسبق لهم أن سمعوه يتحدث هكذا من قبل، وقد اعتقدوا أن الخمرة قد لعبت برأسه.

وفي صباح اليوم التالي، حين استيقظ الملك، تذكَّر على الفور الوعد الذي قطعه على نفسه في مجلس الشراب في الليلة الفائتة. فأمر بجلب

الأعمدة وألواح الخشب، وبنى كوخاً صغيراً، أو قفصاً، بالقرب من قصره. وقد صُفّح القفص بعوارض خشبية كبيرة، ودُعّم بأقفال وقضبان قوية، لكي لا يستطيع أحد اختراقه، وفي منتصف أحد جدران القفص، صُنعت كوّة ليدفع منها الطعام إلى الداخل. وبعد الانتهاء من كلّ ذلك، أخرج الملك المخلوق المتوحش، ووضعه في القفص، وأخذ المفاتيح وأبقاها معه. وفي ذلك القفص احتُجز القزم ليلاً ونهاراً، وجاء الماشي والراكب لرؤيته. لكن لم يسمعه أحد يتذمر أو ينطق بكلمة.

مضى الأمر على ذلك النحو لفترة من الزمن. ثم حدثت اضطرابات في البلاد، فاضطر الملك إلى أن يقود جيشه بنفسه لإعادة الأمور إلى نصابها. وحين كان الملك على وشك المغادرة، قال لزوجته الملكة: «ستتولين الحكم الآن في مملكتي، وسأترك البلاد والعباد في رعايتك. لكن يجب أن تعديني بأمر واحد، وهو المحافظة على الإنسان المتوحش، حتى لا يهرب في غيابي». وعدت الملكة أن تبذل قصارى جهدها بالنسبة لهذا الأمر، وكذلك بشأن جميع أمور المملكة الأخرى، فأعطاها الملك عندئذٍ مفاتيح القفص. ثم أمر بإنزال سفنه إلى الماء، ورُفعت الأشرعة وبدأت المجاذيف المذهبة تضرب في الماء، وأبحر أسطول الملك بعيداً جداً، وغزا ممالك أخرى؛ وظلّ النصر حليفه أينما ذهب. أمّا الملكة فوقفت عند الشاطئ وظلّت ترنو إلى سفنه حتى غابت عن ناظريها راياته المرفرفة عبر البحيرة؛ ثم عادت إلى القصر مع وصيفاتها. وهناك جلست وانهمكت بحياكة الحرير، بانتظار عودة قرينها إلى قصره ومملكته.

كان للملك والملكة ابن وحيد، ما يزال فتى في مقبتل العمر. وكان

ذلك الأمير الصغير واعداً من حيث النباهة والذكاء. ونظراً إلى أن الملك غائب، تجول الفتى في أحد الأيام في فناء القصر، فأتى إلى قفص الإنسان المتوحش؛ وهناك جلس الفتى ليلعب بتفاحته الذهبية. وبينما كان يلعب بتفاحته، حدث ما لم يكن في حسبانه، إذ دخلت التفاحة إلى القفص عبر الكوّة التي في جدار القفص. لكن لم يلبث سجين القفص المتوحش حتى ألقى التفاحة الذهبية إلى الخارج. فبدا الأمر أشبه بلعبة ممتعة؛ لذلك عاد الأمير الصغير وقذف التفاحة مرة أخرى عبر الكوّة، فقذفها إليه المتوحش مرة أخرى، ثم لعبا هكذا لوقت طويل. لكن الفرح انقلب في نهاية المطاف إلى حزن في نفس الفتى؛ وذلك لأن الإنسان المتوحش احتفظ بالتفاحة الذهبية ولم يعدها إليه. وحين لم تُجد أي وسيلة لاستعادتها، لا التهديد ولا الرجاء، بدأ الصغير في البكاء أخيراً. فقال السجين المتوحش: «لقد أساء إليّ والدك لأنه سجنني، ولن تستعيد تفاحتك أبداً ما لم تطلق سراحي». فردّ الفتى: «وكيف يمكنني إطلاق سراحك؟ هيا أعد لي تفاحتي الذهبية! تفاحتي الذهبية!» «نعم»، قال المتوحش، وأضاف: «يجب أن تفعل ما أقوله لك الآن. اصعد إلى والدتك الملكة، وتوسّل إليها أن تفليك من القمل. ثمّ غافلها واسرق المفاتيح من حزامها، وعد إلى هنا وافتح الباب. بعد ذلك، يمكنك إعادة المفاتيح كما أخذتها، حتى لا يلاحظ أحد ما فعلت». نعم، استطاع ذلك المخلوق المتوحش استدراج الصبي بمكره، ففعل الصبي أخيراً ما طُلب منه، وصعد إلى والدته، وتوسّل إليها أن تفليه من القمل، ثمّ سرق المفاتيح من حزامها. وعاد بعد ذلك مسرعاً إلى القفص وفتح الباب، فخرج السجين المتوحش. وقبل أن يفترقا، قال القزم: «ها أنا أعيد إليك

تفاحتك الذهبية كما وعدتك، ولك جزيل الشكر على إطلاق سراحي. وفي المستقبل، حين تقع في محنة، سوف أساعدك». ثمّ مضى القزم في حال سبيله. أمّا الأمير الصغير فعاد إلى والدته، وأعاد إليها المفاتيح بالطريقة نفسها التي أخذها بها.

عندما شاع الخبر في القصر حول فرار القزم، حدث اضطراب وجلبة كبيرة، وأرسلت الملكة الناس عبر الطرق والمسارات للبحث عنه. لكنه ذهب إلى غير رجعة. مضى على اختفاء القزم فترة من الوقت، وما فتئ قلق الملكة يزداد أكثر فأكثر، مع انتظارها كلّ يوم لعودة زوجها إلى موطنه. أخيراً، رأت سفنه قادمة عبر البحيرة، فاجتمع كثير من الناس عند الشاطئ لاستقباله. وفور نزول الملك إلى الشاطئ، بادر بالسؤال أولاً عمّا إذا كانوا قد حافظوا على وجود الرجل المتوحش. فلم تجد الملكة بداً من الاعتراف بما حدث، ثمّ روت كيف جرى الأمر بالتفصيل. استشاط الملك غضباً حين سمع ذلك، وكرّر القول إنه سيعاقب المجرم، أيا كان. لذلك بدأ بالتحقيق واستجوب جميع الموجودين في القصر، ثمّ تقرّر أن يؤتى بجميع الأطفال والاستماع إلى أقوالهم؛ لكن تبين أن لا أحد يعرف شيئاً عن الأمر. أخيراً، جاء دور الأمير الصغير ليدلي بأقواله. وحين وقف بين يدي الملك، قال: «أعلم أنني تسببت في غضب والدي؛ لكنني لا أستطيع، مع ذلك، إخفاء الحقيقة؛ أنا الذي أطلقت الرجل المتوحش». امتقع لون الملكة حين سمعت ذلك، وكذلك كان حال جميع الموجودين؛ فالجميع يحبّ الأمير الصغير. أخيراً، قال الملك: «لن يقال عني أبداً أنني نكثت وعدي وتراجعت عمّا أقسمت عليه، ولو

اقتضى الأمر الاقتصاص من لحمي ودمي؛ لذلك ستموت بالتأكيد، وكما تستحق». ثمّ أمر الملك بعض رجاله بأخذ الأمير إلى الغابة وقتله هناك. وتضمن أمر الملك لرجاله أن يأتوه بقلب الصبي، كبرهان على تنفيذهم لأمره.

عمَّ الحزن الناس جميعاً وسادت حالة من الأسى لم يسبق لها مثيل، والتمس الجميع العفو عن الأمير؛ لكن الملك لم يتراجع عن رأيه. ولم يجد رجال الملك بداً من الطاعة، لذا أخذ اثنان منهم الصبي معهما وانطلقا. وعندما توغلا بعيداً جداً في الغابة، رأيا راعياً، يقود قطيعاً من الخنازير. قال أحدهما عندئذٍ للآخر: «لا يجدر بنا أن نمدّ أيدينا إلى ابن الملك، بل دعنا نشتري خنزيراً، ثمّ ننتزع قلب الخنزير، وسيعتقد الجميع أنه قلب الأمير بالتأكيد». رأى الآخر فيما قاله رفيقه عين الصواب. فاشتريا عندئذٍ خنزيراً من الرعي، ثم أخذا الحيوان إلى مكان ناءٍ في الغابة وذبحاه، ثمّ استخرجا قلبه. وبعد أن فعلا ذلك، طلبا من الأمير الانصراف، وعدم العودة أبداً. ثمّ عادا إلى قصر الملك، ويمكن للمرء أن يتخيل حالة الحزن الشديد الذي ساد حين أعلنا خبر وفاة الأمير.

فعل ابن الملك كما قال له خادما أبيه؛ سار طويلاً ولم يلتفت إلى الوراء، ولم يكن لديه زاد سوى بعض ثمار الغابة. وبعد أن سار مدة وقطع مسافة طويلة، وصل إلى جبل، ورأى على قمة ذلك الجبل شجرة صنوبر عالية. فكر الأمير في نفسه قائلاً: «لماذا لا أصعد هذا الجبل وأتسلق تلك الشجرة أيضاً لعلي أعثر على طريق!». قال ذلك، ثمّ صعد الجبل وتسلّق الشجرة. وحين أصبح في أعلى شجرة الصنوبر، وبعد أن استكشف جميع

الجهات، رأى قصراً ملكياً كبيراً يلمع من بعيد تحت أشعة الشمس. فرح الفتى بما رأى واتجه على الفور نحو القصر. ثم التقى في الطريق بفلاح يحرث الأرض، فطلب من الفلاح أن يتبادلا الملابس فسُرَّ الفلاح بذلك. وحين وصل أخيراً إلى قصر ملك تلك البلاد، دخل وطلب عملاً، فعُيّن راعياً وكُلّف برعي ماشية الملك. وهكذا انطلق يجوب الغابة مع قطيعه منذ الصباح الباكر حتى المساء؛ وبمرور الوقت، نسي مصيبته، ونما حتى أصبح قوي البنية وشجاعاً ليس له نِدّ ومثيل.

تعود الحكاية الآن إلى ملك تلك البلاد، وهو متزوج وله من زوجته الملكة ابنة وحيدة. وابنة الملك تلك فاقت بجمالها جميع الفتيات، وذلك إلى جانب ما تتصف به من لطف الأخلاق ونبل النسب، بحيث يمكن القول إن من سيفوز بها سيكون محظوظاً وسعيداً. وحين أتمّت الأميرة خمسة عشر شتاءً من العمر، تقدّم لطلب يدها عدد لا يحصى من الراغبين في الزواج منها، كما يمكن للمرء أن يتخيل، وعلى الرغم من أنها رفضتهم جميعاً، إلا أن عددهم ما انفكَّ يزداد، فاحتار الملك في العثور على إجابات معقولة لكل هؤلاء. فذهب الملك عندئذٍ إلى حجرة ابنته، وطلب منها أن تختار واحداً من بين المتقدمين للزواج منها، لكنها رفضت ذلك. فغضب الملك، وقال: «ما دمتِ لا تريدين أن تختاري بنفسك، فسأفعل أنا ذلك؛ وقد لا يعجبك من سأختاره لك». وحين همّ الملك بالانصراف، استبقته ابنته، وقالت: «أرى أن الأمر ينبغي أن يكون كما استقرّ عليه رأيك. لكن لا ينبغي أن تعتقد أنني سأقبل أي كان وكيفما اتفق؛ بل لن يمتلكني أحد سوى من يستطيع تسلق الجبل الزجاجي المرتفع وهو مدجج بأسلحته

الكاملة». رأى الملك أن ذلك الاقتراح مناسب، فوافق على ما اشترطته ابنته، ثمّ أصدر مرسوماً أُذيع في أنحاء المملكة كافة، مفاده بأن من سيتزوج من الأميرة هو ذلك الذي يستطيع صعود الجبل الزجاجي.

وبحلول اليوم المحدد، وبحسب أوامر الملك، اصطُحبت الأميرة إلى الجبل الزجاجي ومعها الكثير من التجهيزات الفخمة والثمينة. ثم وُضعت على قمة الجبل، وعلى رأسها تاج ذهبي وفي يدها تفاحة ذهبية، فبدت في منتهى الجمال، لدرجة أن جميع من رآها أراد المخاطرة بحياته بكل سرور من أجل الفوز بها. وفي الأسفل، عند قاعدة الجبل، احتشد جميع الخُطّاب وهم يمتطون خيولهم الجميلة، مدججين بأسلحة تبرق كالنار تحت أشعة الشمس. وتوافدت حشود غفيرة من عامة الناس، ليشاهدوا كيف ستجري الأمور. وعندما اكتملت الاستعدادات وأصبح كل شيء جاهزاً، نُفخ بالأبواق كإشارة إلى بدء المنافسة، فانطلق الخُطّاب، واحداً تلو الآخر، صاعدين الجبل بكل قوتهم. لكن الجبل عالٍ، وزلق جداً كالجليد، وهو فوق ذلك كله، شديد الانحدار. وهكذا لم يستطع أحد منهم الصعود سوى مسافة قصيرة، قبل أن يسقط على رأسه إلى الأسفل؛ وفي بعض الأحيان أصيب بعضهم بكسور في الذراعين والساقين. وقد أدى التنافس وصعوبة صعود الجبل إلى الكثير من الحوادث، وتعالى أنين الخيول وصراخ الناس وقعقعة الأسلحة، حتى سُمع الأنين والصراخ من مسافات بعيدة.

وخلال ذلك كله، كان الأمير الصغير يجوب أعماق الغابة مع قطيع ثيرانه. وحين سمع صوتُ البوق وقعقعة السلاح، جلس على صخرة،

ووضع يده على خده، وغرق تفكير عميق؛ وقد راودته رغبة شديدة بالمشاركة في المنافسة مثل غيره. وبينما هو على تلك الحال، سمع صوت خطى تقترب منه؛ وعندما رفع رأسه، وجد الرجل المتوحش واقفاً أمامه. «شكراً لك على مساعدتك لي تلك المرة!» قال المتوحش، وأضاف: «لماذا تجلس هنا وحيداً وحزيناً؟» أجاب الأمير: «حسناً، أنا حزين وتعيس بسببك. فأنا لاجئ خارج بلاد آبائي وأجدادي، وليس لدي حصان ولا سلاح لأصعد الجبل الزجاجي وأشارك في المنافسة على الأميرة».

قال الرجل المتوحش: «أوه، إذا لم يكن لديك شيء آخر تشكو منه، فربما أمكنني تدبر الأمر. لقد ساعدتني من قبل؛ وسأساعدك الآن بالمقابل».

وبعد أن قال ذلك، أمسك بيد الأمير وقاده إلى أعماق الأرض حتى وصل إلى مغارته، ثم أشار إلى حيث عُلّق لباس الحرب والدروع المصنوعة كلها من أصلب أنواع الفولاذ، والتي تلمع لمعاناً شديداً فينتشر وميضها الأزرق في كل مكان. وعلى مقربة من عدّة الحرب، وقف حصان رائع الجمال والقوّة، مُسرج ومجهّز بالكامل، يحرث الصخر بنعاله الفولاذية، ويعض لجامه فيخرج الزبد الأبيض من فمه ويسيل إلى الأرض. قال الرجل المتوحش: «أسرع وارتدِ لباسك، ثمّ انطلق وجرّب حظك! أمّا أنا فسأرعى ثيرانك في غيابك». لم يتردد الأمير لحظة واحدة، بل ارتدى الخوذة والدرع، وربط المهمازين على قدميه، وتقلّد سيفه، وقد شعر بأنه خفيف مثل طائر يحلق في الجوّ، بالرغم من ارتدائه الدرع الفولاذي. ثم قفز وجلس على السرج فسمع صوت رنين الحديد، وهمز الحصان وأرخى له العنان، وانطلق مسرعاً نحو الجبل.

في تلك الأثناء، كان خُطّاب الأميرة قد أنهوا اللتوّ المنافسة بينهم ولم يفز أحد منهم بالجائزة، على الرغم من أنهم جميعاً بذلوا ما في وسعهم. وبينما هم وقوف يتداولون أمرهم فيما بينهم- وقد استقرّ رأيهم على أن الحظ قد يحالفهم في وقت آخر- رأوا فجأة فارساً شاباً آتياً من طرف الغابة، ومتجهاً نحو الجبل مباشرة. أقبل ذلك الفارس مرتدياً الفولاذ من قمّة رأسه إلى أخمص قدمه، وعلى رأسه خوذة، وعلى ذراعه ترس وفي حزامه سيف، وقد جلس على السرج بشموخ، فبدا متعة للناظرين. تحوّلت جميع الأنظار عندئذٍ إلى الفارس الغريب، وتساءل الناس فيما بينهم عن هويته، إذا لم يسبق لأحد منهم أن رآه من قبل. لكن لم يُتح لهؤلاء المتسائلين الكثير من الوقت لمزيد من التساؤل؛ إذ لم يكد ذلك الفارس يخرج من الغابة، حتى رفع نفسه على الرِّكاب، وهمز الحصان بالمهمازين، وانطلق كالسهم صاعداً الجبل الزجاجي. لكنه لم يصعد الجبل إلى قمته، بل حين بلغ منتصف المنحدر الحاد، أدار رأس حصانه فجأة وانحدر عائداً إلى أسفل الجبل وحوافر حصانه الفولاذية تقدح ناراً. ثم اختفى سريعاً في الغابة. حدثت عندئذٍ جلبة وضجيج بين الحشد، ولم يبق أحد لم يتساءل عن هوية ذلك الفارس الغريب. وغني عن القول هنا أن الفارس الغريب ليس سوى الأمير. لكن الجميع اتفقوا على أنهم لم يروا من قبل قط حصاناً أروع أو فارساً أشجع، وتهامسوا أيضاً أن الأميرة أُعجبت به أيضاً، ولم تعد تحلم كل ليلة سوى بذلك الفارس الغريب.

وبعد مرور بعض الوقت، تقرّر أن يجرّب خُطّاب الأميرة حظوظهم للمرة الثانية. لذلك اصطُحبت الأميرة إلى الجبل الزجاجي ومعها الكثير

من التجهيزات الفخمة والثمينة. ثم وُضعت على قمة الجبل، وعلى رأسها تاج ذهبي وفي يدها تفاحة ذهبية. وعند أسفل الجبل اجتمع الخُطّاب مع خيولهم الجميلة وأسلحتهم البرّاقة، فكانوا متعة للناظرين. ثمّ توافدت حشود من عامة الناس ليشاهدوا المنافسة. وحين انتهت الاستعدادات وأصبح كلّ شيء جاهزاً، أُعطيت إشارة البدء بالنفخ بالقرون والأبواق، فانطلق الخُطّاب على الفور، واحداً تلو الآخر، مندفعين بكل قوتهم ليصعدوا إلى أعلى الجبل. لكن الأمور سارت على المنوال السابق نفسه. فالجبل عالٍ وزلق كالجليد، كما أنه شديد الانحدار. لذلك لم يصعد أحد منهم سوى إلى مسافة قصيرة، ليهوي بعدها إلى الأسفل. وتعالى مرة أخرى أنين الفرسان وصهيل الخيول، وصراخ الناس وقعقعة الأسلحة، حتى وصلت تلك الأصوات إلى أعماق الغابة.

وفي الوقت الذي جرت فيه تلك الأحداث، كان الأمير الشاب يرعى ثيرانه، كما اعتاد أن يفعل. وحين سمع ضجيج الناس وقعقعة الأسلحة، جلس على صخرة ووضع يده على خده وبكى، وذلك لأنه فكر في الأميرة الجميلة، وتمنى لو استطاع المشاركة في المنافسة مثل غيره. وفي تلك اللحظة، سمع صوت خطى تقترب منه، وعندما رفع رأسه، وجد الرجل المتوحش واقفاً أمامه مباشرة. «طاب يومك!»، قال المتوحش، وأضاف: «لماذا تجلس هنا وحيداً وحزيناً؟» أجاب الأمير: «حسناً، أنا حزين وتعيس بسببك. فأنا لاجئ خارج بلاد آبائي وأجدادي، وليس لدي حصان ولا سلاح لأصعد الجبل الزجاجي وأشارك في المنافسة على الأميرة». قال الرجل المتوحش: «أوه، إذا لم يكن لديك شيء آخر تشكو

منه، فربما أمكنني تدبر الأمر. لقد ساعدتني من قبل؛ وسأساعدك الآن بالمقابل». ثمّ أخذ بيد الأمير وقاده إلى أعماق الأرض حتى وصل إلى مغارته، ثم أشار إلى حيث عُلّق لباس الحرب والدروع المصنوعة كلها من الفضة، والتي تلمع لمعاناً شديداً فينتشر بريقها إلى مسافات بعيدة. وعلى مقربة من عدّة الحرب، وقف حصان أبيض اللون كالثلج، مُسرج ومجهّز بالكامل، يحرث الصخر بنعاله الفضية، ويعض لجامه فيخرج الزبد الأبيض من فمه ويسيل إلى الأرض. قال الرجل المتوحش: «أسرع وارتدِ لباسك، ثمّ انطلق وجرّب حظك! أمّا أنا فسأرعى ثيرانك في غيابك». لم يتردد الأمير لحظة واحدة، بل ارتدى الخوذة والدرع، وربط المهمازين على قدميه، وتقلّد سيفه، وقد شعر بأنه خفيف مثل طائر يحلق في الجوّ، بالرغم من ارتدائه جميع تلك المعدات الفضية. ثم قفز وجلس على السرج فسُمع صوت رنين الفضة، وهمز الحصان وأرخى له العنان، وانطلق مسرعاً نحو الجبل الزجاجي.

في تلك الأثناء، كان خُطّاب الأميرة على وشك إنهاء المنافسة بينهم من دون أن يفوز أحد منهم بالجائزة، على الرغم من أنهم جميعاً بذلوا ما في وسعهم. وبينما هم وقوف يتداولون أمرهم فيها بينهم، وقد اتفقوا على أن الحظ قد يحالفهم في المرة القادمة، رأوا فجأة فارساً شاباً آتياً من طرف الغابة، ومتجهاً نحو الجبل مباشرة. وقد أقبل ذلك الفارس الغريب مرتدياً لباساً من الفضة من قمة رأسه إلى أخمص قدمه، وعلى رأسه خوذة، وعلى ذراعه ترس وفي حزامه سيف، وقد جلس على السرج بفخر لم يسبق لأحد أن رأى مثله من قبل. وعلى الفور، تحوّلت أنظار

الجميع إليه فأدركوا أنه الفارس نفسه الذي أتى في المرة السابقة. لكن الأمير لم يمنحهم الوقت لمزيد من التساؤل؛ إذ لم يكد يعبر السهل ويصل أسفل الجبل، حتى رفع نفسه على الرِّكاب، وهمز الحصان بالمهمازين، وانطلق كالنار صاعداً الجبل الشديد الانحدار. لكنه لم يكمل صعوده إلى النهاية، بل حين بلغ حافة القمة، حيّا الأميرة بمنتهى اللطف، ثمّ لوى عنق حصانه وانحدر عائداً إلى أسفل الجبل وحوافر حصانه تقدح ناراً، ثم أسرع نحو الغابة كالعاصفة واختفى. أصبح الأمر حينئذٍ أشدّ إثارة من المرة السابقة، وقد تساءل الجميع، من دون استثناء، عن الفارس الغريب، واتفقوا جميعاً على أنهم لم يروا من قبل قط حصاناً أروع أو فارساً أشجع منه، وقيل إن الأميرة احمرّت خجلاً مثل الوردة عندما حيّاها في أعلى الجبل.

وبعد مرور بعض الوقت، حدّد الملك اليوم الذي سيُجرّب فيه نُخطّاب ابنته حظوظهم للمرة الثالثة. لذلك اصطُحبت الأميرة من جديد إلى الجبل الزجاجي ومعها الكثير من التجهيزات الفخمة والثمينة. ثم وُضعت على قمة الجبل، وعلى رأسها تاج ذهبي وفي يدها تفاحة ذهبية. وكما حدث في المرتين السابقتين، احتشد الخُطّاب جميعاً مع خيولهم الرائعة وأسلحتهم البراقة، في مشهد لم يُرَ مثله من قبل، وتوافدت جموع الناس لمشاهدة المنافسة بين الخُطّاب. وحين أصبح كلّ شيء جاهزاً، أُعطيت إشارة البدء بالنفخ بالقرون والأبواق، فانطلق الخُطّاب على الفور، واحداً تلو الآخر، مندفعين بكل قوتهم ليصعدوا إلى أعلى الجبل. لكن لم يختلف أمرهم عمّا سبق. فالجبل أملس كالجليد، بالإضافة إلى أنه شديد

الانحدار؛ لذا لم يصعد أحد منهم سوى إلى مسافة قصيرة، ليهوي بعدها إلى الأسفل. وتعالى من جديد أنين الفرسان وصهيل الخيول، وصراخ الناس وقعقعة الأسلحة، حتى وصلت تلك الأصوات إلى أعماق الغابة.

وبينما كانت تلك الأحداث جارية، كان الأمير يرعى الثيران، كعادته. وحين سمع ضجيج الناس وقعقعة الأسلحة مرة أخرى، جلس على صخرة ووضع يده على خده وبكى بمرارة وهو يفكر في الأميرة الجميلة، وتمنى أن يخاطر بحياته طواعية للفوز بها. وفي تلك اللحظة نفسها، وجد الرجل المتوحش واقفاً أمامه مباشرة. «طاب يومك!»، قال الرجل المتوحش، وأضاف: «لماذا تجلس هنا وحيداً وحزيناً؟» أجاب الأمير: «نعم، أنا حزين وتعيس. فبسببك أنا لاجئ خارج بلاد آبائي وأجدادي، وليس لدي حصان ولا سلاح لأصعد الجبل الزجاجي وأشارك في المنافسة على الأميرة». قال الرجل المتوحش: «أوه، إذا لم يكن لديك شيء آخر تشكو منه، فربما أمكنني تدبر الأمر. لقد ساعدتني من قبل؛ وسأساعدك الآن بالمقابل». ثمّ أخذ بيد الأمير وقاده إلى مغارته في أعماق الأرض، ثم أشار إلى حيث عُلّق لباس الحرب والدروع المصنوعة كلها من الذهب الخالص، والتي تلمع لمعاناً شديداً فينتشر بريقها إلى مسافات بعيدة. وعلى مقربة من عدّة الحرب، وقف حصان أشقر في منتهى الرشاقة والجمال، مُسرج ومجهّز بالكامل، يحرث الصخر بنعاله الذهبية، ويعض لجامه فيخرج الزبد الأبيض من فمه ويسيل إلى الأرض. قال الرجل المتوحش: «أسرع وارتدِ لباسك، ثمّ انطلق وجرّب حظك! أمّا أنا فسأرعى ثيرانك في غيابك». لم يتردد الأمير لحظة واحدة، بل ارتدى

الخوذة والدرع، وربط المهمازين على قدميه، وتقلّد سيفه، وقد شعر بأنه خفيف مثل طائر يحلق في الجوّ، بالرغم من ارتدائه جميع تلك المعدات الذهبية. ثم قفز وجلس على السرج فسُمع صوت رنين الذهب، وهمز الحصان وأرخى له العنان، وانطلق مسرعاً نحو الجبل الزجاجي.

كان خُطّاب الأميرة آنذاك قد أنهوا للتوّ المنافسة بينهم، ولم يفز أي منهم بالجائزة، على الرغم من أن كل منهم قد بذل جهده. وبينما كانوا يتشاورون فيما يجب عليهم فعله، رأوا فجأة فارساً قادماً من جهة الغابة، ومتّجهاً نحو الجبل مباشرة. وقد لاحظوا أن لباس ذلك الفارس كلّه من الذهب، من قمة رأسه إلى أخمص قدمه، حتى الخوذة التي على رأسه، والترس الذي يحمله على ذراعه، والسيف الذي يتقلده، كلها من الذهب. ولفت نظرهم أيضاً شموخه وهو مقبل عليهم فبدا لهم كأشجع فارس في العالم. وكذلك الأمر اتجهت جميع الأنظار إليه، وأدرك الجميع أنه الفارس الشاب نفسه الذي رأوه من قبل. لكن الأمير لم يمنحهم الوقت لمزيد من التساؤل؛ إذ لم يكد يعبر السهل ويصل أسفل الجبل، حتى رفع نفسه على الرِّكاب، وهمز الحصان بالمهمازين، وانطلق كالبرق صاعداً الجبل الشديد الانحدار. وحين بلغ قمة الجبل، حيّا الأميرة الجميلة بمنتهى الأدب، وركع على ركبتيه أمامها، وتناول التفاحة الذهبية من يدها. وبعد أن تناول التفاحة امتطى حصانه ثمّ أدار رأس حصانه وانحدر عائداً إلى أسفل الجبل، يتبعه شريط طويل من الشرر الذهبي المتطاير من حوافر حصانه. ثم اختفى في الغابة كالشهاب. دبّت الحياة عندئذٍ على الجبل ومن حوله، فأطلق الحشد صرخة فرح هائلة سُمعت من مسافة بعيدة؛

ونُفخت القرون، وتعالى صوت الأبواق، وصهلت الخيول، وقعقعت الأسلحة، وأعلن الملك بصوت عالٍ أن الفارس الذهبي الغريب فاز بالجائزة. أمّا ما فكّرت به الأميرة نفسها، فلن نخوض فيه؛ ولكن قيل همساً أن لونها أصبح مزيجاً من الأبيض والأحمر عندما سلّمت التفاحة الذهبية للفارس الشاب.

لم يتبق الآن سوى معرفة الفارس ذي الزي الذهبي، لأن أحداً لم يعرفه بعد؛ وقد توقع الجميع أن يكون أول من سيظهر في بلاط الملك في اليوم التالي. لكنه لم يأت. وقد أثار ذلك عجباً شديداً. وكلما مرّ الوقت، شحبت الأميرة وذوت؛ أمّا الملك فنفد صبره، وظلّ الخُطّاب يشكون ويتذمرون كل يوم. وعندما لم يعد هناك ما يمكن فعله، أمر الملك أخيراً بإنارة فناء قصره بضوء عظيم، وأن يأتي إلى هناك جميع الشبان، النبيل منهم والوضيع، حتى تختار الأميرة بنفسها واحداً من بينهم. لذا لم يتخلف أحد عن الحضور، سواء كان ذلك طمعاً بالأميرة أو طاعة لأمر الملك، حتى اجتمع حشد من الناس يعدّ ولا يحصى. وحين اكتمل الاجتماع، خرجت الأميرة من القصر في أبّهة عظيمة، وتجولت مع وصيفاتها في بين المحتشدين واستعرضتهم جميعاً؛ لكنها لم تعثر على الرغم من ذلك على ضالتها. إلا أنها عندما وصلت إلى طرف الفناء الأقصى، رأت فجأة رجلاً يقف مختبئاً بين الحشد. وكان ذلك الرجل يرتدي قبعة عريضة، ومعطفاً رمادياً واسعاً كالذي يرتديه الرعاة؛ وقد أنزل حافة القبعة إلى الأسفل حتى أخفت وجهه. تقدمت الأميرة على الفور ورفعت القبعة، ثمّ أخذت الرجل بين ذراعيها، وصاحت بصوت عالٍ: «ها هو هنا!

ها هو هنا!»، فضحك الناس جميعاً، لأنهم أدركوا أن ذلك الرجل ليس سوى راعي الملك؛ وهتف الملك نفسه: «يا إلهي، واسني على هذا الصهر!». لم يتأثر الرجل كثيراً بما سمع، بل أجاب: «أوه، لا تقلق بشأن ذلك! حصلتَ ابن ملك كريم مثلك»، ثمّ نزع عنه رداءه الواسع، فلم يضحك أحد بعد ذلك؛ فبدلاً من الراعي الرثّ الثياب، وقف أمامهم أمير شاب ووسيم، يرتدي لباساً ذهبياً من قمة رأسه إلى أخمص قدمه، وفي يده تفاحة الأميرة الذهبية، فأيقن الجميع عندئذٍ أن هذا هو الشاب الذي صعد الجبل الزجاجي.

ويمكن للمرء أن يتخيّل الآن الفرح العظيم الذي ساد، والذي لم يسبق له مثيل، حين أخذ الأمير حبيبته بين ذراعيه وعانقها بحب شديد، وأخبرها عن نسبه وعن كل ما حدث له. أمّا الملك نفسه فلم يهدأ له بال، حتى أقام على الفور حفل الزفاف، ودعا جميع الناس بمن فيهم الخُطّاب، ثم أُعدّت وليمة عظيمة لم ير أحد مثيلاً لها أبداً. وهكذا فاز الأمير بابنة الملك، ومعها نصف المملكة. وبعد انتهاء العُرس الذي استمرّ عدة أيام، بل سبعة أيام، أخذ الأمير عروسه الشابة الجميلة وذهبا في موكب فخم إلى موطنه ومملكة والده. وهناك استُقبل كما يمكن للمرء أن يتخيّل، فبكى الملك والملكة فرحاً حين عاد إليهما ابنهما حياً. ثم عاشوا بسعادة دائمة، كلّ في مملكته، وإذا لم يكونوا قد ماتوا مؤخراً، فهم أحياء حتى يومنا هذا. أمّا الرجل المتوحش فلا أحد يعلم ما حلّ به. وهذه نهاية الحكاية.